溫州街上有什麼？

陳柏言短篇小說集

本作題材有其現實參照，然一切人物、情節，純屬虛構，特此聲明。

好評推薦

這部作品大部分的篇章，乍看皆在處理面對死亡，讀邱妙津的少女之死、在旅行中消失的外曾祖母、面對妻子驟逝的鰥夫白桑、〈空地〉的母親之死、一九四〇年代末的許壽裳之死，甚至一個文學社團之死。溫州街彷彿是一枚活化石，然而如〈溫城繪測〉這篇作品中所說的，無法刻舟求劍是因為水仍流動，舟仍行進，一切都在流動之中，那麼陳柏言真正要處理的，其實不是死亡，而是那脆弱如薄翼，敏感的少年維特之心。他對溫州街所承載的文學、歷史氛圍，有種少年的孺慕之情。他化身為各種角色，在不同的歷史時刻，去靠近、追索。溫州街不只是溫州街，更是一個文青辨認自己擁有對文學敏銳觸鬚的啟蒙之地。

——宇文正（作家／聯副主任）

聽說一個人寫作鄉土，我靜靜聆聽有沒有如小林一茶所形容的「在他袖子深處，蟬的叫聲」。順著這條筆徑走下去，綠樹成蔭蟬鳴不已，又忽然繁榮凝止在枯朽的狀態，那種感覺好像來到一處人文薈萃的綠州，回神卻發現被困在荒漠沙州。陳柏言的第三本小說集《溫州街上有什麼？》，印證了他書中的一段話：「鏡中男人眼角的細紋，像是木器的龜裂，竟讓本已渙散的雙眼，流露出一絲古老的神采。」

——陳淑瑤（小說家）

文學也是記憶，無數作家參與了溫州街的文化形塑，我們行走生活其間，將自己的心思身體也織進了那層層疊疊的記憶。陳柏言這部小說，則以年輕世代的眼光，讓溫州街又重新生長了一次。

——楊佳嫻（作家）

目次

推薦序

抱緊燙手的山芋——我讀小說《溫州街上有什麼？》

張亦絢

亞維儂戲劇節中，最重要的劇目會在「教宗宮廣場」上進行。然而，在戲劇節草創時期，曾有過這樣的評估：「教宗宮廣場是一個最不適合戲劇的場所，因為它本身散發的歷史味道實在太濃厚了。」現在我們多半已經遺忘，這個榮譽殿堂，最初被視為戲劇的障礙之地。

還寫溫州街？

「這是一個最不適合小說發生的地方，因為它本身散發的文學氣質實在太濃厚了。」——我的第一個反應也是憂慮。熟知「溫州街」象徵的人，應該已有不少既定印象；不知「溫州街」所為何來的人，又該怎麼令其產生興趣呢？再說，關於場所，人們多半具有兩個傾向，要不喜聽識途老馬細說重頭，就是樂見無知嬌客劉姥姥進大觀園——然而，《溫州街上有什麼？》，很難納入這兩個慣性中。再說，這還是九篇小說，文史控對一下「姑隱其名」，一下「姑隱其事」的「穿插閃躲」（閃躲更加強化了出現），接受度如何，也是問題。不過，撥開這些枝節的迷霧，《溫州街上有什麼？》，倒是較柏言的兩本前作，更教我喜歡。——因為它多了些膽氣。《溫州街上有什麼？》或還不到桀驁不馴的程度，然有些漂亮的身手，與這個精神性的「敢」，少不了關係。因此，柏言可以「進佔障礙」，如同亞維儂「結合障礙直到感覺不到障礙」。

文學裡的「敢」，自然不是暴虎馮河。「抱緊燙手的山芋」這回事，牽涉是否有能力思考核心的問題，並且不將問題隨便拋棄。

〈文學概論〉也許是引戰的。作為初步介紹，我只說說基本的觀察。這篇小說運用了姑且稱為「未來加上過去式」的時態，發話時間在我們都還沒抵達的未來，並將讀者感知的「現在」變成「已成過去」，這個結構帶來虛構的能量，不管事件有什麼真實成份，只有小說能「從未來看到過去」。黃崇凱在〈如何像王禎和一樣活著〉也倚賴時間座標的前後挪移，開闢獨一無二的時空。不過，黃崇凱的時間錨定相對明確，單位是兩百年。因為時間夠遠，自由度大很多。〈文學概論〉如果不欲限制在純智性的文字中，作者選擇的滄桑感是頗值把握的元素。但滄桑感並不只與時間或年紀有關，曾見過有定義，謂滄桑乃「多次毀壞後的猶存」。如果此作的滄桑感是次要與附帶的，就沒問題，但若視其為主元素，則會覺得，在接合毀壞上，仍有可能稍抑浮泛。文中描述了兩個使文學大師倒台的「醜聞」，大師無邪又無辜（近似失身的亞當），醜聞全屬誤會——是非這樣分明，就難掩一廂情願感。詞章雖壯美，雄辯仍略勝思辨——感覺有點打滑。撇開小的挑剔，尾聲的兩句話使這棟小說建築，從「一進變二進」，是使本篇，在經典備出的獨白領域，還能別具一格的原因。其強烈雖不到布萊希特《夜半鼓聲》與觀眾對峙的程度，但不無神髓。小說囊括了大小「論文學」的正誤區，有如為文學吟唱「天鵝之歌」。儘管旨在理性的「氣象報告」，台詞與潛台詞間，仍留下值得分析的無意識寶庫。

〈空地〉與〈溫城繪測〉也側面連接上述的主題。〈空地〉的「作家之子」看似向父親看齊，厭棄作為骨肉的己身，認同父親唯恐任何人類的生殖養育，奪取掙脫肉身性的創作榮光。但母親離世後，他卻想與貓通靈，重識母親——使他感興趣的是母親或是死亡呢？小說裡繚繞的死亡，幾乎可以專題討論。〈溫城繪測〉中，一位男同志採取了對「不能有自己的小孩」比較不能釋然的立場，與其說是「想不開」（小說語），不如說是執著於深入「既有文化」的時間性。死亡是滅絕，不死是幻覺，對於生者而言，幻覺卻是必要的——如果不是不自覺地假設會活到明天，今天很難成立。繁殖與世代都是加強「永遠存續」幻覺的修辭與發明，「無後」卻不只是同志會思考與有感的處境，如同死亡使人嚴肅，「後繼無人」也使人深刻——許多經典都曾著墨於此。

如果張愛玲曾經「有意荒謬」地為一個女人創造了〈傾城之戀〉的「傾」，莒哈斯「有意誇張」地在〈廣島之戀〉中，以戀情刻記城市的失憶，〈溫城繪測〉就是在呼應首篇「邱妙津的溫州街」的同時，不是紀錄、不只緬懷，而是以近乎文學批評的高度，重寫了城市文學。借用「人是萬物的尺度」這個表達，〈溫城繪測〉寫出了「戀人是萬城的尺度」。

「並置」是這篇小說非常靈巧的手法。哲理揉入戀人絮語，「我看城市多嫵媚，城市卻不看我（亦如是）」。溫羅汀作為有不少反同結社包圍之所，不乏衝突事件或氣氛。然而，柏言卻能心無旁騖，專注在更日常與結構的問題，透過摹寫「命名行動」（對話中的以「城」換「街」）與「雙重登入」（在導覽活動中，既是戀人同遊也是歷史同修），對照出了將同志限於可見性與註腳性，所無法涵括的真實：城市仍虧欠（性別及其他）多樣性一份整體性接納（性別多元者有比性別多元更多的特質）與一體性設想（認為給同志彩虹旗或婚姻權已足，絕對是錯誤的）。無論就性別、文學與空間歷史，〈溫城繪測〉都展現了「最不短線操作」的實力與成績，驚人復感人。

如果壓軸的〈溫城繪測〉的開創性與通透性值得肯定，〈日系快剪〉、〈寂寞的遊戲〉與〈雨在芭蕉裡〉就好在它們是「鑽深了的局部」。小說各篇常有引言，〈日系快剪〉的引言尤其有意思。一般說到伊底帕斯，多言悲劇，不過，早有人指出，當他被放逐後，劇作家反倒是給了他可以說是「幸福的晚年」。對照「理髮店裡的性慾憶起」與「伊底帕斯的晚年台詞」，「有真實的地方才是地方（家）」此語就如圖窮匕現。情節來說，這個故事沒有那麼不落俗套，只有結合了典故，它的祝禱性質才會浮現。也才能看出作者不讓「地方與書寫」兩事，停留在「維持現狀」的深意。

〈寂寞的遊戲〉寫網咖而不是咖啡館，〈雨在芭蕉裡〉寫許壽裳，也寫《大學國文選》——兩篇都取材獨到，章法斐然——作為在第一時間就關注過課本事件的讀者，對於〈雨在芭蕉裡〉列出篇目的沈著，我的讚賞之情，可說無以復加。「列名」非常文學——它牽涉到寫出根基怎麼消失與轉向。其中的名畫典故令人擊節——對腦海中有該畫的人來說，非常便於對話，不過對於不熟藝術史的讀者，似乎可多加線索。本篇一度引發「白色恐怖與誠意書寫」之辯，請容我代替作者提示，遊戲在此作的角色乃是反諷而非直抒，若因對遊戲存有成見，而錯失作者誠意，實為不小憾事。此外，兩篇尚有連結，那就是「中文系」。

我曾想過另一個討論小說的題目，就叫「QQAA在台灣」。比附了「中華民國在台灣」這個古怪組成。QQAA不一定有什麼意思，而是「什麼名字都未必對之物」，或是「QA（問答）不夠必須QQAA」的東西。小說出現過「頂樓加蓋」（「頂加」）與「雜質」，都不單單與同志等「不穩定的存在」有關。比如說，「中國文學」到底有多尷尬？而尷尬，有多少是因為對文學與歷史的過份簡化？「中國文學」確實也很QQAA，是它原本四字，無法表達的。

小說集裡的大陸書店、古籍古文、雲南等等，多少都是台灣本土運動起步後，若非拒斥，至少也心存疑慮的「閒雜物等」。然而，它們卻跟台灣人的生活有著盤根錯結，溢出政治符號的關係——另一種QQAA，在書中有如稻草人在稻田般的，則是「自殺身影」。賤斥排擠自殺者，曾是某一時期的宗教文化，但現代同樣沒有完全擺脫這層心理。不管從李渝或邱妙津開始溫州街，「自殺」都徘徊其中。然而，小說真正落筆的並不是作者的自殺，而是一般人，或說讀者的自殺——這兩者不一定對立。很奇怪或說很有道理地——小說裡的悼念都有點不明不白、不乾不脆——更像「陌生人難堪的善意與記憶」。這裡有不少新的城市（後家庭的）關係倫理可以探討。如果自殺如常用語是「解脫」，生者的感覺或相對性，就在於「解脫不了」與「不解不脫」。

疙瘩沒有剷平，傷疤都在心底——可以又名「那個不美的重慶森林」的〈寂寞的遊戲〉，一點都不欲給這個「地底溫州街」（不真在地底）昇華的可能。近尾聲時，連「屎」都出現了，而它傳達出的是一種（健康的）生之慾／攻擊性。也就是在這「百無一是之處」，主述者道：「但若連在網咖我都要撒謊，我會無法原諒自己。」在他們交換了「沒那麼垃圾的垃圾話」後，我們會發現，網咖這個窮鄉僻壤，與世外桃源也只在一線間——且是不需要桃花的。

能夠踵武前賢的作者，最易陷入的危機，就是開拓性較弱——但這卻不是本書的狀況。陳柏言的《溫州街上有什麼？》，可視為對文學不離不棄者，對所有非文學領域之人，深情遞出的赴宴請帖。

采采榮木

采采榮木，結根於茲。晨耀其華，夕已喪之。

——陶潛〈榮木〉

你已記不清楚，第一次在溫州街迷路，是多久以前的夏天。

那時，白的喪禮剛剛結束，你坐在客滿的陌生號次公車，不知將要去往哪裡。陽光折過窗玻璃。閃爍的強光彷若海水，搖晃，你極目想要看清，卻只覺得更加暈眩。你思索著與白有關的事，想：是在哪一個時刻——那必然是你未能參與、再也無從理解的時刻——她決定殺死自己？你真的累了，累到想要嘔吐。你只剩下一種感覺：熱，好熱，彷彿就要被那強光照射到崩散分解。恍惚之際，你想念起高三最後一年，漫長的雨季。你和白並肩，坐在公車尾端的地面（下方就是燒熱的車引擎），看著窗外的城市。雨水降落。彷若你小時候常做的夢：加油站，父親開著福特汽車，而你坐在他的身後，央他開進那魔術盒子一般的洗車機器。強力水柱沖刷，各種色彩的布料擦刮過車體和玻璃……

（水珠沿著窗玻璃，破散而下——）

（父親和白都像是進入了魔術箱子，出來後就不再是他們了——）

你按壓車鈴，逃難似的下了車。你站立在高架橋下，車輛寥落，夾帶著沙礫的焚風吹拂。你並未意圖來訪此地，卻彷彿有所預感：一切都如此熟悉。正面迎接你的是二十四小時開放的洗衣店，年老婦人鎮坐其中。機械轟隆運轉，濃重的藥品氣味。再往前走，連鎖咖啡，披薩店，麵包坊。柏油路面，蒸騰起扭曲的幻影；那靜謐的街區，行人稀疏，每一棵路樹每一盞路燈，都隨著這午後綿延前進。

（那條路像會永遠蔓延下去。）

你知道再往前，再往前一步，可能就會迷路。

你繼續向前。

*

盛大陽光底下，你記起數個小時前的喪禮。那並非你第一次見到白的家人，他們卻像第一次見你。你們行禮如儀，介紹彼此姓名，乃至與照片中「那個人」的關係。彷彿一切歸零，你們必須將認識彼此的流程，重新跑過一遍。

（等等，你真的、真的認識白嗎？）

在那黃布罩起的小房間裡，你左右張望，想要努力把握她給予的線索。你仔細瀏覽起，符咒，以及座位旁的輓聯。你審視那些辭句，甚至民意代表的名字。你掃過每一張家屬的臉，每一隻眼，鼻，嘴（你覺得他們的表情，像是「啊，被抓到了」那樣的尷尬無語）。你看見百合花上有兩隻蒼蠅飛旋。你看見她那能幹「阿姨」（是她報喪給你的——）。看著地面，看著你自己的鞋。忽然就看見她那張高中畢業照。黑白畢業服，藍天背景，抿嘴笑。

你向她鞠躬，像是為手裡那盆醜極了的塑膠花致歉。

（而你又是在什麼時刻，決定來到這裡？）

第一次見到白的家人，你和她都還年輕。前一個禮拜，白簡訊邀你，你困惑已極，因為你們並不熟，從沒講過幾句話。她是你們那所山城高中的風雲人物：燙捲的長髮（在校規邊緣遊走），大傳社社長，還和已婚的體育老師鬧過緋聞。情人節時收到的巧克力，足以讓班上每位同學各吃兩顆。你當然也吃過幾次，卻改變不了她在你心底的位置。你對那樣的人一點興趣也沒有，遑論「尊敬」。你們畢竟是完全不同世界的人哪。

但是，為什麼你還是決定赴約？去參加她在簡訊裡說的，「無聊的十八歲生日」？只因為你平庸而無害嗎？她是如何選中了毫無關聯的你？

白的家位在城市最邊緣的郊區，你得坐半個小時的火車去。

出了小站，還得走一段曲折的山路。你聽見蟬聲大噪，踏上石頭階梯，周邊已沒了住宅，才驚覺臺北竟有這樣的深山。你緩步前行，林木逐漸稀疏，坦露出一片沙石平地；路的末端，浮現一幢氣勢宏偉的歐風宅第。敲門，無人應，只聽見裡頭的喧譁。你佇立一會，輕輕將門推開一小縫，修整完善的草皮在你眼前展開。她的家人們，彷若沒有察覺你的造訪，都在忙著自己的事。男人們排列木炭，準備生火，女人們則坐在樹下，嗑瓜子閒聊。當然，還有小孩子，他們都在和彷彿從美國田園電影走出的巨獸拉不拉多玩耍。綠草地，白牆，雕鏤的窗框……，突兀的像是電影布景。

「嗨。你來啦。」是白。

你很快的看了她一眼，她與印象中差別太大，以至於，你困惑著自己是否認錯了人？——不，她是白。她就是白，只是綁了最簡單的馬尾。

「對呀，」你反應不過來，只能勉強擠出一句，「我來了。」

「你哦，」白說，忽然握住你的手，「歡迎你來。謝謝你。」手很快就放掉了。

她的家人始終未看你一眼，彷彿你不存在。倒是那巨狗開始走動（孩子們尖笑著跟隨），最後在你的腳邊停下，伸展脖子，用頭摩娑你的膝蓋。

男人們終於升起三盆火。她叫「阿姨」的那個高胖女人，熟練的忙進忙出，忽然就將所有的金針菇、雞腿肉、菠菜、香腸等等全包進鋁箔紙中。火光將你臉烘得暖熱，直到此刻，你才知道她並沒邀請其他同學——你是唯一受邀的訪客。你窘迫坐於矮凳，作為一個外來者，看著她的家人們聊天吃食，竟感到一絲幸福：雖然不明白為什麼，你正參與她人生中的重要時刻。

白的家人終於與你交談。

首先是那「阿姨」，她並不熱情亦不冷淡，只問了你的名字、怎麼來的，就忙自己的事去了。「阿姨」的問話打破沉默，其他小孩開始圍過來（你覺得有一部份是那親人的拉不拉多的功勞），細聲問著：「大哥哥，你敢是阿姊的男朋友？」有一個小女孩甚至緊握你的小指，幾乎把你弄疼。你回頭看白，她看你，淺淺的笑，讓你覺得自己真是她的愛人了。

烤肉會到了尾聲，還是沒人提起「慶生」。當然，也就沒有切蛋糕，唱生日快樂歌之類的儀式。男人呼喝間開了好幾瓶高粱酒，還打起麻將。女人、小孩和狗全失了蹤，說是到後山挖筍子了。只有那「阿姨」留下，拿著掃帚畚箕收拾善後。

白拉住你的手，悄聲問你要不要陪她走走。

你說好，她便領著你繞到房子後方，是一條沿山而建，蜿蜒的碎石小路。你們走著，溫暖的夜風吹拂，不多久，你就聽見聒噪的鳴叫。好幾個大鐵籠堆放在一起，你開啟手機的手電筒模式，醜陋的火雞頭頓時浮現。牠們爭先恐後、相互啄咬，要從那窄小鐵籠的間隙探出。牠們有著怪異斑斕的喙，腫瘤垂掛於瘦弱的頸子。她說，「阿姨」執意今天要殺一隻來吃，她費了很大的工夫才制止——「不過，沒辦法。牠們生來就是要被人類吃的。」

離開火雞籠，她領著你跨過籬笆。你們的頭頂滿是星斗，搖搖晃晃彷彿大河流動。你們走進一條林中小路，你聽見流水的聲音（或有一刻你真以為那是銀河的聲響？），地上草好長，搔刮著你的腿腹。又走了十分鐘吧，你終於看見一條細小的飛瀑，在月光下閃閃發亮。

她蹲下來撿了顆石頭，朝山溝丟去。

「我很喜歡來這裡，」白說，「我想，你可能也會喜歡。」

你們聊了一會班上的人際關係，以及未來的規劃。你發現，她並不是那麼無知，甚至可以說，她想得比你還多得多。你問起她和體育老師的緋聞，她大笑，說當然是假的，你該不會信了吧？她沉吟一會，又說：「要說假的也不是——我其實應付得有點辛苦——」

你說，哦。

你也抓起一顆石頭，往前方扔擲。

那不知深淺的黝黑山溝。

「你也讀邱妙津，對不對？」白忽然沒頭沒腦的問你，「我看到你在圖書館，借過她的書。」

石頭沉入水底，沒有激起水花。

你走在溫州街，盛陽霸道。不遠處，小學校的鐘聲噹噹響起。

這是掃地時間，還是午睡清醒的鐘聲呢？

站在恍若靜止的街道，你又想起她來。想起那一夜，山溝邊，她跟你說過的溫州街的事。

是因為這樣她才選擇你嗎——選擇你，見證她「最後的時光」？但是，白都讀些什麼呢？你怎麼什麼都想不起來了？

*

今年初，你在一家大陸書店找到工作，搬進溫州街。

這是你此生第一次離開家裡，或者說，離開母親（大學四年，你也未曾離家——）。事情沒有想像中困難，你只是在孤兒寡母的一次普通晚餐裡，談起你的新工作，「我要搬出去了。」你的母親也只是淡淡的說，好、好，彷彿她早已預演過這幕場景。你將書本整理裝箱，連同衣物和床具抬出，在中庭等待搬家公司。你的母親始終跟隨，反覆告訴著你，一個人住在外面，千萬要小心。

她沒有大哭大鬧，更沒有制止你走，只是靜靜目送著你，卻讓你更加痛苦。在你小六那年，父親去了中國，再沒回來過。他唯一在世的訊息，是每年兩次的匯款，讓你們知道他仍活著。父母沒有離婚，但這個家早已滅亡。有時，你寧願父親已經死了，「失蹤」讓這個家捲進更晦暗的黑洞：無法離開，無法前進。停滯，缺口，消失，成了這個家的核心。你不明白他們之間，是在哪個時刻走岔了，但你深知父親離開以後，母親的世界從此失衡顛倒。母親任職於社區圖書館，負責排書、刷書的工作；下班以後，則像個少女那樣甩著便當珍奶進門。打開綜藝節目，專注入神的看，廣告時間，又轉至另一個頻道。電視裡的罐頭笑聲，從她喉頭咯咯發出。她的頭髮早已蒼白，每夜必須服藥入眠，直到今天你仍做她口吐白沫而死的夢。

在你坐上搬家公司的車以前，母親仍舊哭喪著臉，緊握著你的手像是最後的挽留。你好想吼她：「難過什麼？我又不是不回來了！」

你畢竟沒那麼做。

你拍著她的背，輕輕推她彷彿她才是那個離家的小孩：「時間晚了，回去吧。」

*

你住進溫州街公寓的頂樓加蓋，是你在租屋網找到的，看過一遍就付訂金。那頂加一共三層，你的房間位在第一層，狹仄浴室旁有一迴旋的鐵鋁梯，可以通往另外三戶房客。那樓梯間恆有股濃重的騷臭味，是第三層的ＯＬ的博美狗的尿味。你的房間只有一扇對外窗，窗外是房東築起的瓜棚花架，還有一方田圃種植南瓜白菜。

你住的公寓只有七樓，卻是周圍相對高的建物，你可以輕易眺見不遠處的大學校園。而你更常在飯後的夜裡，走進房東的菜園，倚著女兒牆，流看週邊鄰居的燈火。溫州街上的人們似乎沒有戒心，他們總愛敞開窗戶窗簾，可能是學生，上班族，或者一般的小家庭，他們從未意識到不遠處的上方，正有人如神明注視。你欣喜於那三百六十度環繞著你的連環壁畫，你閉眼就能細數那些家屋的祕密。例如中醫診所的上方，裝潢華美的房間，總有個女人不分冬夏脫光衣服吸地；或你也曾見某戶宅男打整夜的線上遊戲，忽然開啟網站有效率的手淫。

住在頂加二層的，一戶是在此賃居多年、極少露面的單身婦女（你私下給她的渾號是「姊姊」）；另一戶則是和你年齡相仿，剛從中部北上的園藝系情侶。那對情侶常在屋頂上晾曬香花香草，有時還熱情問你要不要花草茶包。女的在某花苑工作，似乎被操得很慘，總悲慘的嚷著要離職；男的則在臺大的園藝所讀碩士班，陰鬱沉默，他的女友曾一邊晾衣服一邊跟你說：「他沒有要唸完，只是想證明給他媽看，他兒子是有能力上臺大的。」

中秋節，情侶倆約了些朋友說要烤肉，那女孩熱切問你要不要參加。你婉拒了，說自己另外有約——她說那太好了，不會打擾到你，並且很快的祝你佳節愉快——其實，你哪有地方去呢？你只是把自己關在房裡，滅掉燈。你靜坐書桌前，開一瓶廉價的啤酒，讓電子音樂撞擊你的耳膜。

就這樣度過中秋。

有一夜你倚在牆邊，如平常流觀著每一戶人家的窗景，忽然聽見哭聲。你轉過頭，發現是那園藝系女孩，還穿著白衫黑裙絲襪，臉上的妝已然潰散。她發狂似的扯下一顆南瓜（你在心底為房東哀號），捧起來就往牆上砸。破碎，拾起，再砸……。橘黃色的汁液悄悄流淌，你聞到一股濃湯的芳香。她知道你正看著，卻還是發狂的砸，尖叫悲鳴，像獨為你一人演出的瘋狂劇場。你也不響，等她停下來才發生出聲音，「我來處理就好。」

她看你一眼，就離開了。

隔天他們仍要好出現，甚至比過往更好，勾肩搭背的。

再過幾天，他們悄無聲息搬離。

你常在電梯口撿到死蛞蝓，只因這樓房裡住了一隻虎斑貓。那是你私養的貓，或者說，與整棟樓的人一起撫養的。三樓胖阿姨共養了六隻貓，這隻小虎斑，在家裡與另外五隻處不來，常被搶食欺負。那胖阿姨不捨棄養，卻又擔心牠發育不良，只好將牠流放於公寓，就這樣成為「樓貓」。牠周旋於每一樓居民之間，善於賣萌討好，有一陣子常在六樓牙醫師家裡睡覺，直到牠莫名發狂抓傷了小嬰兒的臉。被牙醫師驅逐以後，牠便睡在樓梯間，偶爾在地下室的垃圾堆覓食。有次你從書店工作回來，一打開門，牠便衝出來磨你，並跟著你乘電梯上樓。你坐在一排老舊水管上，牠伸展著腰身，渾圓的屁股對你。你頓時明白，輕易的示弱是牠在公寓賴活的原因。隔天你便到寵物店買罐頭，從此心照不宣讓牠成為你的食客。但你很有公德心，從不為牠取名。

沒有上班的時候，你習慣散步，走拍溫州街的景觀。

初冬之時，你走進一條僻靜小巷，朝著泰順街的方向走。你遠遠就聽見一陣騷動，不遠處溫州公園裡滿滿是人。當你走近，才發現他們都低頭，指頭滑動手機。他們的屏幕上，是同一隻稀珍的寶可夢。你曾玩過那遊戲一陣子，並不入迷。但你喜歡看人玩，你覺得那帶著一種考古學的浪漫；玩家們的火眼金睛，逼視著看不見的溫州街，無形的風土。

你在人群中，驚訝發覺你甚仰慕的女作家。三十幾歲投入學生運動，早早便寫出震動文壇的代表作。沒料到，七十歲的她，仍跟得上時代的風向。你若無其事飄去，發現她的球屢投不中，實是技巧問題。她似乎有些苦惱，你便開口，「阿姨，需要幫忙嗎？」她有些訝異，隨即大笑起來，爽快將手機交付給你。你順利捕捉後，查看圖鑑，發現她的等級仍是初學，卻已獵獲許多珍禽異獸（彷彿她得天獨厚的寫作本事？）。她向你道謝，你並未把握機會搭話，甚至沒有透露讀者的身分。你只是看著她的背影，跟隨「抓寶」的人潮離去。

*

「你知道，溫州街原來是一條河嗎？」那是抓寶女作家書裡的一句話，泥屑飄浮光影搖動，路樹化作水草，溫州街頓成河流。

你想起已經死去的白。

生日那天，白在山溝邊跟你說了整夜溫州街的事，但她總在最後補上註腳：「那或許是夢。」

是這樣的：白的母親生下她以後，生了奇怪的病——據說是肝病——很快就死了。母親去世後，白被父親送往溫州街的外婆家，由白的外婆和阿姨照護，隨後便一走了之。在白平淡的描述裡（那「沒有爸沒有媽」的時光），溫州街不像是一條街，更像一座小城，或者說，一幅畫中的城鎮。那些浮光掠影的風景：清淺的水溝，水泥牆，木屋青瓦，爬滿藤蔓的廢墟，茉莉花，芋頭葉……，陽光永遠溫煦，花樹永遠青綠。白也把自己安進那幅畫裡，成為靜物。

她唯一提起的動詞，是「散步」：像是一條虛線，穿行巷弄與店家之間。總是飯後，外婆會牽著她，沿著溫州街走，告訴白如何辨識那些隨風搖曳的花草樹木。外婆特別鍾愛某位中文系老教授家裡的木芙蓉，會特別繞道，多走幾步去看，然後奮力抱起矮小的白，去攀摸或嗅聞那粉色的花蕊。白說，木芙蓉是她在溫州街最深刻的記憶——但那位老教授，十餘年前也去世了。

「對了，你知道嗎？陶淵明也寫過木芙蓉哦！」白自顧自地念誦起來，那彷彿符咒的詩句：「采采榮木，於茲托根。繁華朝起，慨暮不存。貞脆由人，禍福無門……」

七歲那年，白的外婆辭世，父親像是驟雨，再次回到溫州街，而阿姨成為了她新的母親。

父親帶著她們離開溫州街，離開她的童年，前往山區的歐風別墅，跟他的「親戚」們同住，「那些人，我一個都不認識哦。」有天，父親又消失了，「阿姨」留下來，儼然承繼父親的地位，成為一家之主。奇怪的是，那些「親戚」，卻也服從著阿姨的指示，在此演示著桃花源般的生活。「阿姨」對白很好，「親戚」們也都寵愛她，但她卻始終畏怕著、努力想逃離那一個「家」。你問她在害怕什麼，她想了一會，才喃喃回答：「一切都出了差錯。」

一切都出了差錯。

更可怕的是，她並無法指出那差錯出在哪裡。

她只是一再回返溫州街，走在小鎮一樣的畫景裡。有時逛舊書店，或者在咖啡店（她喜愛那間可以抽菸點酒水餃泡麵的台客咖啡店），耗去一整天，在黃昏之時，靜靜等待著臨暗的恐懼。

「我爸再也沒回來過，」她說，又丟出一枚扁石，手指了指山溝，「他們在這裡撿到一隻鞋，說有可能是從這裡掉下去的。但是，連『咚』一聲、『咚』一聲都沒有哦。」

直到今天，你還是常常想起白，想起那個夜裡沉悶到無人聽見的「咚」。你駐足在房東蒔花種菜的陽台，看著貓飛蹦至另一人家的屋頂。如同白的飛躍（你在心底想像著那彎弧線），一定也是俐落輕盈的吧？差別只在於，她並沒有像貓一樣，好好學會降落。她的家人並未在山崖上撿到鞋，一直要到三天以後，才接獲通知：白已被沖刷到河口，成為一具等待認領的屍首。

她並未留下隻字片語，因此，家屬對外的說法是「意外失足」，但你總私心想著，她對你說的那席話，就是她的「巖頭之感」吧。你始終不明白，白為什麼挑上毫無相關的你，說那一番話呢？

（僅僅是因為，你也讀了邱妙津嗎？）

她在想些什麼？那個時刻，她已決心消滅自己了嗎？

你並不明白溫州街的隱喻，但你住進了溫州街。你想要跟她分享屋頂上的景色，想與她在溫州公園靜坐。你想告訴她，溫州街在你眼中的樣子。

於是，你開始了對溫州街的紀錄。你晃蕩，攝影，寫下文字，去踏查白曾告訴你的溫州街。但你深深明白，這已不是白的溫州街了。

直到喪禮過後好久，你仍無法說服自己，她已經死了。你認為，那是一場騙局，她只是跟你的父親、跟她自己的父親一樣，「失蹤」了。他們的失蹤、缺席，反而讓他們蔓延成無邊的「黃昏」，使他們無所不在。

慢著，所以，你為什麼要來到這裡呢？

你回過神時，整條溫州街炸滿夕照，眼前盡是魅影。

你蹲下來，貓已經回到你的身邊。

*

趙大哥總要在鐵門拉開以前，親自點燃櫃檯前的小香爐。香菸迴旋，櫃檯前的關公彷若身處雲霧之中。你待的大陸書店兼賣國樂專輯，純演奏居多，每日只「主打」兩張專輯，反覆重播。你自己也買過一張，將顧城的詩配樂演唱，好像叫「山裡的朋友們」。「這年頭，書店愈來愈沒節操了。」趙大哥說，這幾年書已經很難賣，學區附近的同業為了生存，紛紛削價競爭。惡性循環之下，各種名義的「週年慶」出爐，做善事那樣賣一本賠一本。如今店裡還能勉力周轉，完全是靠過去的積蓄。趙大哥的話並不多，但你總能從他的談話裡，捕捉、拼湊出過去的、大陸書的「黃金時代」。

趙大哥的口音很台，因過度嚼食檳榔，嘴裡破破爛爛，一點也沒有「文化工作者」的樣子。但你很喜歡他。

他屬於你夢中的溫州街。

長銷書籍擺設成ㄇ字型的馬蹄鐵，包圍著年度重點書與新進書目。從最靠近店門的國學開始，藝術總論，繪畫攝影，語言工具書，政治軍事，再來是中國哲學，古典文學，西洋文學，宗教考古民俗，世界歷史和中國歷史……。西洋哲學佔據左半面的書櫃，英美、歐陸三七切，「馬克斯思想」則獨立成櫃。你很難想像，在過去，隨便翻閱一本，都有可能被拘役，甚至槍斃。

現在也沒什麼人讀了。

大陸書的時效性出奇的高，兩年就是舊書，還不能退貨。像是本雅明《邁向靈光消逝的年代》、《柏林童年》，初上市時大暢銷，趙大哥抓緊時機加碼買進；孰料本雅明全集重出，單行本頓時滯銷。於是，書店的地下室便成為廢書的冷宮，層層掩蔽的亂葬崗。趙大哥每兩個月就要進一次地下室，賜死流浪狗般點出數十本書，將它們封存裝箱。少數書況好的可以捐贈學校或圖書館（還得寫長信求他們收留），更多的是直接運到回收站，壓扁，粉碎，焚燒——永遠的消滅。

你上書時總是深感困惑，這些書，真的會有人買嗎？它們出版的「初衷」是什麼？例如，《納西古樂導引》與《雲南志校注》，《明代叫魂文化》或者《漢代墓葬壁畫研究》？但店裡，確實恆有一批幾乎每天光顧的ＶＩＰ客戶。他們往往是學校老師退休，兒女都已成家。生活單調匱乏，錢包裡塞滿鈔票，不知道該怎麼花，逛書店就成為僅有的娛樂。消費金額五十萬是基本，折扣優惠從人民幣定價的4.8到4.5再到4倍。最厲害的，還是那個你上次見過的、在溫州公園抓寶的女作家。她已累積超過兩百萬，每次來店便如神明遶境，抱著一大疊，堆放櫃台要你幫忙裝箱——她買的書，就是你常常難以理解的那種。

鑽石級客戶們彼此熟識，閒話家常之餘，還會刺探彼此最近在讀哪些書？你坐在櫃台裡專心的刷書建檔，偶爾抬起頭，老人們仍像是僧侶沉落書海。你恨不得趕快老到他們的年紀，毫無顧忌揮霍殘年。卻又忍不住想像：他們年輕時，究竟是什麼樣子？

你想起了母親，她也是在「書的王國」終老的人哪。她在圖書館工作了大半輩子，卻沒有養成閱讀的習慣。書籍對她而言，並沒有任何意義，而只是分類的條碼與紙張吧。

你還是做了和母親相仿的工作。

每天的行程，就是進書，建檔，上書，結帳。但你仍覺得自己持續長進，說起來很抽象，大概就是習慣了「書店的時間」吧。你學會和老客戶聊天，並技巧性的說服他們多買一點；你漸漸明白哪些作者會滯銷，怎樣的主題會賣。日子久了，趙大哥給你推薦進書的權力，並總是對那些老顧客宣稱，要培養你做店長。雖然對這夕陽產業你一點都沒有期待，但你還是懂得說：「謝謝。」你仍然沒有對女作家表明身分，卻如同狂熱的跟蹤者，將她歷來購買的書本製成

Excel檔，列印下來。你想要從她的閱讀，去理解她是哪一類型的人；彷彿在必然「一個人」的閱讀裡，就能探勘她擁有怎麼樣的寂寞。

今天離開書店以前，趙大哥發了薪水，還拍拍你的肩。走出門，夕照已經傾斜，你決定在晚餐後，去附近的寵物店買些貓罐頭。你起心動念，撥了手機給母親，沒接。隔了一會，才回電。她先跟你道歉，剛剛在忙。你好奇追問，她才有些不好意思的說，她報名了社區開設的「讀經班」，跟著一位退休國中老師讀《四書》，「我是班上年紀最大的，很多國小的小朋友……」她的話匣子一開，便滔滔不絕的說起，她一堂課都沒缺過，很了不起吧？還嚷著「對了，你中文系的，聽聽看我背得對不對？」她像個小孩那樣，斷斷續續背誦起：「大學之道，在明明德，在清明，在止於至善……」你偶爾提詞，她還會「啊，你先別講啦」那樣笑著制止你。

你坐在溫州公園，聽她背誦到最後一個字，天已全黑。

*

回到邱妙津吧；或者說：回到邱妙津的溫州街。

那是《鱷魚手記》裡，一九八七年的秋天。十八歲的拉子（邱妙津？）搬進了溫州街，「一家統一超商隔壁的公寓二樓」。二房東是一對年輕夫妻，「年輕夫妻經常在我到客廳看電視時，彼此輕摟著坐靠在咖啡色沙發上，『我們可是大四就結婚的哦。』他們微笑著對我說，但平日兩人卻絕少說一句話。」你繼續抄寫：

水伶。溫州街。法式麵包店門口的白長椅。74路公車。坐在公車的尾端，隔著走道，我和水伶分坐兩邊各缺外側的位置。十二月的寒氣霧濕車內緊閉的窗牆，台北傍晚早已被漆黑吞食的六點，車緩速在和平東路上移行……

一九八八年，拉子不願再見水伶。同一年五月，她搬離了溫州街。

而你，在三十年後搬進了溫州街。

你循著書裡的字詞，探查拉子可能的行跡：她在哪一扇門前和夢生談話？

在哪一扇門裡寫小說，對水伶癡情而猥褻的妄想？她在哪一家餐廳吃食，在哪道牆邊停靠單車？她在哪一個時刻，決定了（書裡的時間並未觸及的）自己的死亡。你發現，你所做的一切索隱可能都是徒勞無功，不只因為你們之間橫亙著數十年的時光（也是生死的兩岸？），而是人們總告訴你，拉子畢竟是虛構的，小說裡的人。（但你還是傻傻的去臺大校史館查看中文系的「系史稿」，比對一九八七年「文學概論」而發現那位先生不只健朗在世，前些年還開了諸多熱門課程，……）

前陣子，你在樓頂餵貓，二樓的姊姊剛好踩拖鞋下來，少見的輕鬆。她說，看不出來你對小動物那麼有愛。你回，還好吧，牠也算是我們這棟公寓的房客嘛。「也是啦，」她忽然笑著說，「你知道嗎？這整棟公寓，都是房東家的人哦。」從她口中得知，原來這公寓，竟是房東的建築師父親蓋的。他把這棟樓當作遺物，分贈給自己的族人。不一定是嫡系，但多少有血緣上的關係……，「不過，整個家族譜系是亂的。小孩子見到那些稍有年紀的，就叔公嬸婆的亂叫，有時其實是同輩的……。」這才讓你記起，最初付訂金時，老房東曾說：「你就當作自己的家吧。」現在想來，讓你直冒冷汗：原來，這整棟樓，真的都是她的「家」呀。數代同堂，彷彿是一幢拔高的「四合院」、「大觀園」——所以，在電梯裡相遇時，他們可以輕易分辨出誰是「外來的人」嗎？像是肉品烙印那樣，他們會用「頂加那群」稱呼你們？

還有一件事。

前不久，那對園藝系情侶搬離時，在電梯前的矮凳，留下了一株小小的植栽。你不確定，那是他們忘記帶走，或者刻意遺棄。但你毋寧相信：是那女孩（你忘不了「那一夜」她崩散的妝容）留給你的餞別之禮。你將它擺在書桌的一角，不怎麼管，只是澆水，它便兀自壯大。過了一段時間，你去花市買了更大的盆，趁著夜深到房東的菜園偷土。那黑土果然肥沃，植株換了大盆，愈發粗胖，你想或有一天終將長為大樹，綠葉從你們「頂加」的各個窗戶探出，寬厚的根莖覆蓋蔓延整幢樓房……

你記起了白。

在那深山別墅裡，白也是這樣作為一個「外人」嗎？

「你也讀邱妙津，對不對？」那一夜，白在山崖邊問你。

你想，她要問的，或許只是同一件事。

*

趙大哥終於將書店整個藏到地下室去。

搬家前兩個禮拜，趙大哥心一橫，在店門口公告，全館圖書都以人民幣一比一換成台幣。清倉日人潮你永不會忘，恍惚以為回到傳言中的「黃金時代」。像是搶摘新年頭香，門初啟人們便轟然搶進，看都未看就將書本掃進大垃圾袋或行李箱中。新書率先掃光，就連大部頭的原典如《追憶逝水年華》、《新唐書》或《歷代筆記小說大觀》，轉瞬售罄。窄小書店容納不下那麼多人，你還得得站在門邊控管，指揮民眾排隊進出。你旁觀著他們的「困獸之鬥」，幾乎覺得那已非購書，而像在宣洩過剩的體力。

入夜，人去書空，狼狽的店面更像一座歷劫之城。你拉了一條水管，清洗著那些平日堆放著重書而生出黴菌香菇的角落。剩下一些殘破的書籍，零散在架上：大部分是封面內頁破損，或者過時的電腦用書。你等了許久，仍沒盼到女作家出現；你心底有個預感：她以後不會來了吧？你有些遺憾，卻又不免慶幸，她並未目睹這樣的末日光景。

你們原來的店址，開了一家台式熱炒。便宜大碗又重鹹，迎合學生的爛味蕾，用餐時間總是門庭若市。正午十二點，你便得穿過重重的豬肉河粉、紅油抄手、芙蓉蛋炒飯，才能繞到飲水機的後方，找著通往書店的階梯。趙大哥設了兩張大桌，展示他從「淘寶網」批來的手工零錢包，民國菸酒海報以及藏區捕夢網。他捨棄店面，也放棄了所謂「節操」。店員剩你一個，他不再經營散客，更專心服務學校或圖書館大戶。

你曾問他，是不是總有一天，會把這家店收掉？

「我們以後要幹大事的。」趙大哥嚴正的看了你一眼：「現在只是『臥薪嘗膽』。」

偶爾還是會有老客人，穿過重重難關走進地下書店，卻更像憑弔遺跡，跟你閒聊幾句，踅了一圈摸摸書架，就走出去。再過一陣子，他們也不來了，只剩下一些不帶產值誤闖的觀光客，以及問廁所的學生。於是，你的工作愈發單純，只需動動手指，填寫訂單，書便會傳送到需要它們的地方。

你經手的，只是書的魂魄。

*

為了處理一筆大戶訂單，你晚至九點才離開。你走上樓，熱炒店的年輕工讀生，正蹲在店門口抽菸閒聊。一頭碩大的老鼠竄進水溝，柏油路面以粉筆寫著：「已拖吊，龍門國中」，以及一支連絡電話。有消防車從你眼前經過，警鈴銳利，你聽那些工讀生說，已經是第六台了，不知道是哪裡出了事。

你回到家，東西還沒放下，就忙著奔到頂樓陽台，倚在牆邊眺望。遠方的101大樓仍在霧霾之中，而街道燈火已亮起，一幅太平盛世的景觀。你看不見失火的徵狀，心底卻不平靜——你弔詭的想，今日的溫州街「太平靜」了。直到今日，你還未曾發現白所說的木芙蓉，位在溫州街何處，更遑論「老教授」的老家了。你始終不明白，木芙蓉究竟是你未見、已被根除，或者——它根本並不存在。你曾到圖書館查過資料，陶淵明確實寫過一首名為〈榮木〉的詩，但關於「榮木」是不是木芙蓉，尚有爭議。而你在相關的研究中，發現中國的成都舊時有「蓉城」之說，相傳是因為後蜀的君王曾下令百姓，在城牆上遍植木芙蓉。

忽然，你聽見貓的叫聲，才發現牠躲在花盆之間，不知已注視你多久。

你想哄牠過來，牠卻昂首不理。

你遂注視著牠，輕輕學起了貓叫。

空地

如果一隻獅子會說話，我們也無法聽懂牠說什麼。

——維根斯坦

夜裡，曄聽見破碎的聲音。

他不情願地翻身下床，感受到一股強烈的惡意。一定又是夢夢。夢夢又打翻東西了。這次是裝牛奶的盤子。盤子明明是塑膠製的，但在母親過世，父親搬走以後，曄確常在這死寂的屋裡，聽見有什麼被狠狠打破的聲音。

他走進廚房，拎了塊抹布出來。幹。這死老貓，為什麼不去死。已連續幾天這樣子了。他在心底埋怨母親幾句，並想著：這貓是不是生什麼病了？或者，就只是快老死了？死前總想刷刷存在感，某種劣質的迴光返照——如果是那樣，倒還值得開心。「老貓和老人一樣，就是愛鬧事。」曄曾在例行的健康檢查中，向年輕的獸醫師抱怨，「她是不是更年期了？」獸醫一派輕鬆地安撫，「有沒有可能是你最近太忙，忽略她了？」

老貓容易缺乏安全感。獸醫師說，貓族擁有某種天生的敏感，一旦覺知時光流逝恩寵不再，就會開始做些脫離常軌的事。「牠們只是為了引起主人的注意」，獸醫師把貓放進籠子裡，卸下手套，「你就多多擔待吧。反正再怎麼胡鬧，她的時日大概也不長了。」

可以把她安樂死嗎……，不安樂也沒關係。死就好。曄發誓，他差一點就要脫口而出。

但他畢竟忍住了。

（當過兵以後，他更善於隱忍）

曄看著那護目鏡之後的，誠懇的小眼睛，遂日行一善的，將真話埋在心底。他畢竟怕麻煩。誰也不想被當成想要屠貓的瘋子。這世道，殺貓大概比殺人更天理不容。

但是夢夢已作亂多日，那已不只是「胡鬧」這種程度的詞彙可以形容。她幾乎將這房裡所有可以破壞的東西損毀殆盡。譬如花瓶。香水罐。譬如他童年存放的三個陶瓷小豬撲滿（夢夢究竟如何打開櫥櫃，至今仍是個謎）。一日，她跳至櫥櫃上方，將母親釀製有十五年的老酒推落（她的老化只是一種偽裝嗎？竟有這等肌力）。曄返家時，頓覺酒香充盈，夢夢似也醉了，用彷若嫵媚的叫聲挑釁著他（那真是，非常可惡的嘴臉）。

前幾天，她又把他的筆電推到地上。那讓曄幾乎崩潰了。鍵盤炸裂噴散，就好像也把他擊破了。那讓曄在收拾殘局時，哭了好一陣子。儘管如此，曄還是得蹲在地上，撿拾那些散落的字碼，如同此刻，他擦拭著流瀉滿地的牛奶。那讓曄產生了一種幻覺，那白色的流質有生命那樣的，正逐漸擴張成巨大的流域。

而夢夢，夢夢竟仍勝利者那樣，對著空氣嗚嗚呼叫。

曄遂深刻的懷疑，這房子確有他看不見的什麼存在著，共謀著某個大膽計畫。

只有他一無所知被棄置於此。

＊

曄坐下來，與蒼老的白貓對望。

他撫摸著她，試圖用最後的柔情將她馴服感化；但那老貓翡翠般的瞳孔，仍穿過空氣似的，對著他身後的什麼不止嗚嗅。情緒勒索對貓無效，曄也只能無奈放任她繼續吵鬧。曄打開吹風機，逐頁烘烤著被牛奶侵襲的書籍，試圖用機械音，掩蓋過那擾人的貓叫，卻更加煩躁，心頭有火燒。他聞到一股古怪的，交混著灰塵的蛋白質氣味，從書冊間飄出，而書本竟也麵包那樣蓬發起來。

書是《城堡》。卡夫卡的書。這名字，很熟悉。曄記起了，這書小時候請父親為自己講過的。大約是小學一二年級，曄總愛跑進父親的書房，從架上抽一本書，央父親講故事。父親總是嘆了一口氣，把曄抱到腿上，有些疲憊地說：「寶寶，把拔在工作……」雖然如此，但每當曄要求父親講故事時，父親總會放下紙筆，從一大落資料和書籍中探出頭。父親會例行公務那樣的，扮演起「父親」這一角色該有的樣子，為曄柔聲講述故事。

那些故事動聽精彩極了。有惡龍，女巫，有穿梭時空的旅人，千奇百怪的雜貨店（父親跟曄說過，日文的蔬果店寫作「八百屋」。不知為何，那是他記住的第一個日文單字）……，那讓孩時的曄，非常嚮往父親的書房。父親像是魔術師，而書籍則是他變弄戲法的道具。父親總可以從那些密密麻麻的文字裡幻變出森林，大海，繁複的「外面的世界」。曄逐漸長大以後（大抵就是，再也沒辦法坐在父親腿上的年紀），他才逐漸意識到，那些妙趣橫生的故事，並不真的出自他選中的那幾本書，而只是父親的隨口杜撰。那是父親不存在的「八百屋」。

有一次，曄選到一本藏青色的精裝書。

《城堡》。

從書名來看，曄還以為是什麼公主王子過著幸福快樂生活的童話故事。

「怎麼會選這本呢？」

父親把他抱在腿上，翻讀著書頁。他沉吟著，最後把書闔上。

「唉呀。」他看著曄說，「寶寶，這本書沒什麼。一點都不有趣。」

他說：「這本書，寫的就是我。」

＊

大概很難睡著了。

曄已把一日的藥量用掉了。虧他還不顧死活的加重不少。

況且，他明天還要去見阿琉呢——阿琉說：下週就要去澳洲了，諮商必得中斷，也不知何時才會回來。曄問阿琉怎麼突然決定，阿琉說：沒辦法，就接收到宇宙的訊號，有個聲音一直催促她，往南邊，往南半球去。她已經找了個輕鬆的學位來念，再不濟就打工度假，流浪個幾年。

想到這點，曄更難入睡了。

他再也無法原諒夢夢。此時阿琉的聲音，又該死的在他耳際浮現，「請用照顧遺族的心情，照顧好阿姊的貓。」

曄非常想吐。

他可不想接受這種強硬的託孤。

他在床上翻來覆去，花費更多的睡眠時間，擔心自己無法入眠。他隨意滑動常逛的幾個版面（寵物版、貓狗版、大安區版、星座版、省錢版），消掉那些惱人的強迫症勾勾；他轉入八卦版，瀏覽一些車禍或情殺自殺的新聞。有時他會心頭一冷的意識到，以他人的痛苦作為睡前消遣，似乎不大道德。

但在那被戲稱為「陰間」的論壇，路人死得愈慘烈愈荒謬，就愈容易獲得鄉民諷刺的掌聲。昨晚，又有個私立科大男學生騎重機酒駕，無意識上了高速公路，被數輛大型車輾爆，四肢和器官飛散。鄉民一片叫好，推爆感恩讚嘆先知達爾文，偉哉物競天擇。

他細讀新聞文字，並將粗劣的馬賽克放大檢視。記者竟還饒有意境的，攝入一隻落在草叢中的、染血的帆布鞋。而後，曄成功通過隱晦的關鍵字，檢索出死者的真實身分。

他造訪了死者的臉書。

心底浮現一股猥瑣的欣喜：塗鴉牆沒有鎖，而從死者發文隨興自在程度，看得出他還年輕，一點都沒有準備要死——他畢竟和曄一樣，只是個二十出頭歲的人。會不會，死者根本從未真正見過死亡？曄點入照片，後見之明的瀏覽那一張張未知自己將死的，天真無邪的「瀕亡的臉」。

那必是一次欠缺練習的死亡呵。

最新一則，男大生抱怨學校餐廳「某自助餐」漲價了。上上一篇，則是他睡過頭教授點名，說要幫他點名的同學也睡過頭，幹幹幹，真的幹。再上篇，則是他在生日那天赤裸上身，被扔進學校噴水池的影片……。

總之是非常一般的大學生，非常一般的人際交友。

而死亡，恐怕已是他這平庸一生中，最重大的事件了。

*

天光逐漸亮起，曄坐在書桌前喝水。

夢夢鬧騰一晚，這時反而呼嚕嚕的睡去，舒服擺了個大字仰天。

不知道夢夢會不會作夢呢？

曄走出書房，倚在客廳那片大玻璃窗前，晨光恰好灑落。

曄想著，還好，我還有魚木。魚木依然安好如昔。一樹湛黃黃的繁花，盛開若太平盛世；在微風的吹拂裡，模糊成亮晃晃的光影。這窗景，是母親留下的遺物之一。

夢夢當然也是。

他想起，剛升上國中那時，有過一段時間，疑神疑鬼學校老師和同學都不喜歡自己。他不想去上學。他總會躺在床上裝病，任憑母親怎麼呼喊、怎麼拉，甚至拋出各種威脅，他就是不願意。他牢牢抓緊棉被，把自己蜷曲起來，將世界推拒在外。

母親並不知道，也無從知道，曄究竟在想些什麼。或許，母親只當那是孩子青春期找麻煩、鬧彆扭而已。

在那些相互折磨的清晨時光，父親當然是不在場的。

父親總是要睡到十點才起床，而第一件事便是為自己沖一杯咖啡。

父親的日常，嚴格得近乎苛刻，並將每一天都過得千篇一律。咖啡時光結束後，他會先到附近的溫州公園拉拉桿子，再慢跑到古亭國小，師大路，最後沿著泰順路，散步。回到家簡單盥洗後，父親便會將自己扔擲到溫州街上任一家咖啡店（他聲稱，為了躲避熱心的書迷，只好每日一換。而那溫州街確彷若有千百家咖啡店，有千百個洞窟），工作到深夜才回家。他心底有一幅創作宏圖（不知哪個評論家說過：「白老師是要寫下這個時代的人」），婦孺人家的小事，他自然不會有閒工夫搭理。

在他的觀念裡，大概就是，只要眼睛一閉，時間自然過去，小孩子就會刷地抽高，長大——就像他在小說中，可以用一個「＊」符號便輕易轉場他人的一生？

母親在和曄鬥爭中最激烈的那次，曾不小心說溜嘴：你爸並不想要孩子。他不想要你。母親說，你知道嗎，有一次，我隨口抱怨你幾句，他便這樣嘲笑我，「妳自己造的孽。」他說：「不是跟你說過了嗎？拿掉就一了百了了。」

回想起這段對話，曄仍不感覺受傷。

相反的，因為崇拜父親說故事的才華，曄繼而也欣然否定了自己的存在。後來，曄在一篇專訪中讀到，父親提出過相仿的論點，更證成母親的話並非虛構。父親說：「任何感情都會使人分心。」他說：「藝術家尤其沒有資格，享受天倫之樂。」

曄並不感到難過，還這麼想著：好帥啊。

曄當然也嘗試閱讀父親的作品，但或許程度未到（他這麼告訴自己），翻不過兩頁便無以為繼。他過於清晰的意識到，文字裡板著臉孔的說話者，並不是父親。他太熟悉父親。他看過父親不耐的哈欠。發黑的臼齒。他看過父親打赤膊。他在父親上過大號後，進過同一間廁所，在夾混著報紙氣味和屎臭的空間裡，用過同一座馬桶……，那讓曄覺得，父親的小說只是殘餘，只是他擦過屁股的衛生紙。

還好，他還能從絡繹不絕的評論家口中，試圖辨認作為「作家」的父親：

白老師絕對是華語圈百年難得一見的天才；

傑作、傑作、傑作；讓人無言以對的美；

他讓這個世界頭痛。人們必須重新適應什麼叫做「小說」；

他筆下的「水道町」是整座島嶼的寓言，交織著過去、現在與未來……

曄將那些溢美之辭全部當真，囫圇吞下。

如果可以，曄多麼希望自己不要出生——如果可以自己的「不在」，促就偉大作品，該有多麼幸福。曄總記得，曾在一部電影看過這樣的說法：人類之所以停滯演化，甚至愈來愈蠢、重複犯錯，乃是因為真正的天才者，往往因為難以適應社會而自殺，終身孤獨，為鬱症所苦，甚或因為性向無法生育下一代……。他們把那些最好的、「人類的優良」、「文明的可能性」，徹底封存在自己的身體。

他們以自身的絕後，守護了尊貴的血統，並阻隔任何一絲低劣雜質滲透。只要想到這一點，他竟感覺自己的「多餘」，成為了一道神蹟。在他腦海中，浮現那猶如機場海關的天神，總是嚴密把守著掃瞄機，卻因為一個恍神（譬如，一個噴嚏？），不小心脫漏的「一瞬」，放過的漏網之魚……

曄想像，他是在神的驚呼與哀嘆之中誕生。

*

在後來那些刺眼的晨光裡，母親再沒提過「父親不想要孩子」的事。

而曄，也莫名其妙的，好好的開始去上學了。

那是好久好久以前的事了。

但母親似乎一直很介意，那個「妥協」、「好轉」的時刻；她大概以為，是那多年前脫口而出的、轉述的話語，深深損折了曄。那讓他的叛逆中斷了。對孩子來說，那簡直就是一次死亡。她深深知曉，青春期的傷害，是會銘刻在血脈裡，跟著人走一輩子的。

也因此，在母親並不算長的一生中，始終對曄懷抱歉意。

她開始小心翼翼和曄對話，甚至有些刻意的，抓緊各種機會去稱讚曄。譬如說他很體貼，很會做家事之類。母親幾乎窮盡一生，去彌補那個清晨，不小心打開的潘朵拉之盒。她花費了許多心力，去構思，如何用不著痕跡的方式，告知曄，他並非累贅。她始終不知曉曄的想法，但以最簡單的，「母親的推理」，她認為，一定是因為講了那句狠話，才讓曄徹底心碎而同意去上學，從此變成一個「普通的、美好的乖孩子」。

當然，曄是不會說破的。

他樂於讓母親，懷抱著愧疚，玩她自以為是的懺悔遊戲。

對於母親，有個讓她得以分心苦惱之事，應是有益無害的。

在曄十七歲那年，母親終於火山爆發那樣，密集批評起父親。她載曄去附近的社區高中上學，有一日，抱怨起父親的思維模式，非常「老舊」、「大男人」、「沙豬」，「那個姓白的，完全不考慮過我想不想要孩子。」「很會寫東西又怎樣？一般人看得懂嗎？」有一日還跟曄說，你知道嗎，你本來還會有個弟弟。在你一歲多的時候。但你爸用離婚威脅我，要我去拿掉，「他動不動就射在裡面，要我吃藥……，為什麼他不自己去切掉呢？」

（那時的曄已上過健教課程，大略懂得那些詞彙了。）

（或許更重要的是：母親何以竟當著他的面，說出這些話呢？）

總是在那些時刻，莫名的穿過死劫，被迫成為「倖存者」的時刻，曄的腦海中，會思考父親和母親究竟是如何展開戀情，而父親是如何把他勃起的屌，放進這個對他的作品、甚至對他這個人根本一知半解的女人身體。他不願去想像，父親，為何會選上一個女子，彷彿他也不清楚，為什麼自己會降生於這樣一個古怪的家。從一開始就錯了。走歪了。譬如父親為什麼去付出那些抽搐。射精。花粉飛濺。就好像那魚木片片點點的、散落空中飛旋的葉子——不，更準確來說，應該是魚木細碎柔軟的聲音。

是那棵數年如昔的加羅林魚木。葉片在風中，被細細翻讀著。

那一日，他仍舊躲在床上，母親在門外歇斯底里地吼著。他聽見了，母親持鑰匙打開了房門。他仍固守著床。他哭泣，「媽媽，我可不可以不要上學？」母親嚴正地說，不行。你這禮拜已經第三天沒去學校了。我和學校講過，他們同意讓你不去班上，你不也說可以嗎。他們安排了輔導老師。我真的拜託了很久，他們願意讓你在輔導室自主學習。你只要人去就好、只要去就好……。曄只是細弱，卻又堅定的說：「媽媽，我不要上學。」他聽見母親的踱步，喃喃自語道，「這孩子怎麼這麼難教……」

「你這孩子……」

母親掀開棉被。

那讓曄整個身體暴露出來。

曄感覺到赤裸。一種衣不蔽體的寒。母親眼裡布滿了血絲。那讓他驚駭察覺：那與平時順從、簡直濫好人的母親不同，「你知道嗎？你爸爸一定我把你拿掉。我跪著跟他說，我一定要留這個孩子。」母親似哭非哭，嘴唇顫抖，「你的命是我搶下來的。所以，我也可以拿走。」她像女武神那般抓起室內拖，朝他扔來。柔軟的拖鞋打在曄身上，發出沉悶的聲響。其實那一點都不痛，反而有種鬧劇般的荒唐好笑。但曄還是被母親的盛怒，嚇得哭叫起來，「媽媽，我不要、我不要……」

母親竟隨手抓起一旁的枕頭，朝他的臉摀來。

死亡。曄清楚意識到，那就是死亡。

他竟感覺前所未有的幸福。

陰影全面籠罩上來的前一刻，時間彷彿靜默遲緩下來。曄的視線穿過房門，客廳，穿過那扇落地窗，穿過玻璃的折射，看見了魚木。他看見一頭白貓，從對街的屋頂，飛騰至他家的窗前。那個瞬間：彷若有大束光線炸進屋子，將母親的身形，裁剪成一片單薄孤單的影子。

而魚木，魚木在她的身後，兀自站成妖異的身姿。

許多年後，曄總會怪罪自己，早該想到那一個清晨，母親是為自己的死亡展開預演。

而夢夢。

曄看著正打呼嚕的夢夢。

又興起一股，想要踹她肚子的怒意。

夢夢究竟是在什麼時候，出現在他們家？她就好像，有一天，突然從老舊的水管鑽出，水漬或者灰塵那樣，毫無違和感的，住進這個三口之家。

（對母親而言，夢夢才是這個家裡，最懂她的人嗎？）

（這也是為什麼，母親選擇了夢夢的「在場」？）

曄抱起夢夢。

媽媽死的時候，妳是在的吧。

妳看到了吧。妳說。妳說。

幹妳的。

妳告訴我，妳現在就告訴我。媽到底在想什麼呢？

曄發瘋似的，將臉湊近老白貓那一號表情的，厭世的臉。

夢夢翻過身，揮動著爪子，在曄的手背上留下淺淺的血痕。

「幹。」曄罵了一聲，把貓甩了出去。

*

曄提著夢夢，走進三條巷子之外的「預感」。

那是家動物友善的餐廳，而其主打的，是一邊吃印度捲餅，一邊提供客人算命服務。命運被看作遊戲，店家玩了許多花樣。除了基本的塔羅牌，還有測字、米卦、文鳥卦、咖啡渣卦之類，任君挑選。而料理大概並非重點，這餐廳一點也沒有道地的印度餐館那種咖哩香料黃沙飛塵，反倒像是街上的那幾家咖啡廳，洋溢文青氣息，裝潢花草什麼的弄得窗明几淨。還弄了一面塞滿原文書的書牆，供網美文青拍照。店裡常客以女性為主，她們將算命當成理髮，且往往有各自擁戴供養信奉的「大師」。

而阿琉還沒有來。

曄走到角落，那是他特地訂的、這寬敞明亮空間裡，相對隱密的位置。他打開箱子，夢夢慢吞吞地鑽了出來。

母親過世以後，曄帶著夢夢來過好幾次。

他實在害怕，和這隻難搞的貓共處一室、相看兩煩厭的氛圍；那會令他擔心，一不留神就將貓放到微波爐裡執行「不安樂死」。此外，夢夢出門在外，不知是怕羞還是造作，收斂得很不尋常。彷彿只有在他面前，在夢夢的地盤，才會露出那邪笑的嘴臉。

夢夢早已沒有前幾次來的驚恐，像是深知曄再不可能將她遺棄；但她還是有所戒備的，甩動著尾巴，巡視店內，時不時望向曄的座位。

夢夢天生的大白貓優勢，立即吸引到女大生模樣的客人注意。她們驚呼連連的抓起手機，稱讚這貓咪好漂亮好尊貴，毛色很有質感之類。夢夢順勢跳上她們的腿，磨蹭著像是幼貓摩娑母貓的肚子。

那裝模作樣的萌態，讓曄幾乎要笑出聲音。

但是，她總是很快就跳離女孩們。很會嘛。曄想，夢夢給的恩惠給得很節制，她深知對於人類不宜寵溺，那會使自己貶值。她鬚狀的尾巴彷若拂塵，輕輕掃過書架，掃過那一本又一本的裝飾用書。

（她是否也慣於在父親的書房裡如此走動？）

曄想起阿琉曾跟他說過，貓最重要的表情工具，並不是臉，而是尾巴。「肛門和脊椎的反應速度比大腦還快。」阿琉說，「身體性的東西，是騙不了人，也騙不了自己的。」

阿琉走進「預感」時，幾位熟客都和她打了招呼。

「不好意思啊。」阿琉走到他的對面，將毛茸茸的背包隨手放下，「我出門才發現下雨，路上有些耽誤了。」

「沒事，我也剛到。」

曄看看手機，心想，今天已算很早了。

他本已打定主意，要等阿琉至少三十分鐘。

「你吃過了嗎?」阿琉問他。

「吃過了啊,我吃過才來。」曄說,「我點了咖啡。妳看看要吃什麼。最後一天了,點多一點,我請。」

「那我就不客氣了?」阿琉甜笑著,翻開菜單,慎重地挑選了菠菜咖哩羊肉烤餅、青豆乳酪和一杯香料奶茶。

「妳真的很不客氣。」曄說。

「畢竟過幾天就要走了嘛。」阿琉說,「我會想念你的。」

餐點送上來時,阿琉說:「你看起來精神不大好。」她以眼神搜尋,發現夢夢正朝他們走來,「你家的夢夢倒是愈來愈漂亮了。」

「啊,是嗎?」

「不知道是不是我的錯覺?」

「我不這麼認為。」曄低下身子,抓住夢夢,將有些抵抗的她擁入懷中。

「你還是這樣啊。有風度一點好嗎?再怎麼老,她都只是一隻貓。」阿琉說,「該說你們相愛相殺、還是貌合神離?」

曄說：「我只知道她最近睡得很好、吃得很好，簡直快變成豬。」

「那就表示，你把她照顧得很好吧。」阿琉停頓了一下，補充道：「阿姊知道會很高興的。」

「謝謝哦。」曄說，「我們還是趕快開始吧。妳不是還約了別人？」

「當然。如果你不介意，」阿琉說，「待會進行時，我可能會吃東西。你不用管我，繼續問題就好。」

曄說，那當然，是我麻煩妳了。

阿琉打開背包，抽出一張紙在桌上攤開，幾乎佔據了整個桌面。

那是一張橢圓形的略有厚度的星盤，看起來已有不少折損。

底色是靛藍色，上頭則密密麻麻的，以白線畫滿了幾何圖案，三角形，六芒星形，圓形，還有一些不成形狀的線條。

那像是一片窄淺的星空。

「來，跟之前一樣，不要說出來。放在心裡，然後反覆默想。默想你要問的問題。」

曄將夢夢抱在懷中，感受到她的體溫，緩慢搏動的心跳。

曄感覺整間「預感」靜默下來。曄看著眼前的阿琉，低著頭，左手在星圖上畫圈，手握筆的右手則擺在腿上。

他知道，那是阿琉正在「發功」。

像是一種降靈的儀式，阿琉的頭開始微幅的、如浪湧中的船隻前後擺動。

過了約莫十五秒，阿琉緩了下來，首先是手，然後是頭，最後整個身體停止了擺動——而後，忽然又急促搖晃起來

「再來、再來。」她說，「再給我多一點。」

「可以了。」

「夢夢，」阿琉說，「再來，再來。」

「阿琉。阿琉。」

*

母親去世那一天，曄距離退伍還有兩個月。

一天的訓練課程初初結束，剛洗完戰鬥澡、頭髮還濕淋淋的曄，取回了由班長代管的手機。

打開手機，赫然顯示十七通未接來電。在三十分鐘內密集撥打。

來電者全為母親。

曄回撥了電話，無人接聽。他的心底很難受，一股隱然的不安。他將此事報告給班長，班長一開始還懶得搭理，大概還想著，這菜鳥新兵還在想家？曄只好逼自己，演出氣急敗壞的樣子：「我媽有躁鬱症……」

班長看著他，臉上讀不上好惡。

班長聳了聳肩，說道：「好吧，下不為例。」

班長要曄先出去等候，他會呈報給「上面」，看看是什麼情況。曄應了聲好，回到寢室，幾個同袍嬉鬧著，談論話題無非是哪個女優的胸型比較好看之類。他將自己移到窗邊，看著操場上的榕樹，每一株在月光下的身形都扭曲歪斜，不知歲數。

曄不斷告訴自己，那沒什麼，沒什麼。

他還設想著，放假回家，要如何挖苦母親；她是否在他離開後，空虛寂寞覺得冷（那不是他以為，她早該熟習的嗎？）。又或者，她又想到什麼新穎的懺悔之辭呢？

晚間十時許，班長傳喚曄進輔導室。

輔導長垂手站在一旁，臉色有些凝重。班長正在寫假單，說「上面」批准了曄兩天的假，可以即刻出營。

班長說：「等我一下。」

他把假單填好，推過去給曄簽名。

上頭的請假緣由，寫著：「母喪」。

他告訴曄。早些時間，曄的母親去世了。

醫護趕到時，母親已沒有一點溫度，而且已經「發硬」了。她沒有寫遺書。唯一留下的，只是垂落在屍首下方，失禁的屎溺。

而父親竟仍是不在場的。

他們在某家咖啡店裡，找到了父親。

他正為即將出版的小說，做最後的修潤與校正。「找我有什麼事嗎？」曄想像著父親，在那霧氣氤氳、光影錯落的咖啡廳裡，對著眼前的不速之客義正嚴詞。或許，他還會酣暢如性愛的說：「我在衝刺，啊啊。」

曄乘坐著夜車回到北城。他橫越過數個城市，彷彿跨越時區。

捷運早就收班了。他在手機上叫了車，回到他一直熟悉卻又陌生的街道。

微風輕輕吹過，公園裡有一對老夫妻在打羽毛球。夜這麼深了，他們打球非常安靜，像在演繹某種古老的舞蹈。

公寓門口拉起了一條封鎖線。

什麼都沒有改變。彷彿什麼都沒有發生。

他走進公園裡，坐了下來。

他暫時不想回到那個「家」。

他抬起頭，看著那棵魚木，仍安好沐浴在安靜的星光下。那使他不由得懷想起，母親在數個小時前，會如何被眼前的光景眩惑。

母親在做出這個決定前，曾瘋了一樣的，打了十七通電話給自己。她會不知道，在軍營中的他，將必然漏接嗎？
這世上，見證母親最後一刻的，只有魚木。
還有夢夢。
是啊，還有夢夢吧。
夢夢此時已經入睡了嗎？或者，牠還在等待著主人回家？

*

有個哲學家說過啊，動物不能理解什麼是死亡，所以牠們並不會死，只會消失。第一次見到阿琉時，這個打扮成高中生（那水手服和雙馬尾……），卻已三十四歲的女人饒有興味地看著他說。
「也就是，只有人會賦予意義。所以只有人才會死。」阿琉說，「以前我不同意，現在我逐漸相信了。」
母親過世後，父親搬出了溫州街。
父親將房子留給了曄，「你確定還要住在這嗎？」

曄好久沒有仔細端詳父親的臉，發覺他的眼尾多了好些線條。但是，父親的臉頰看來還是非常緊實，甚至可以用「光彩奪目」形容。曄覺得，母親死後，父親顯得更年輕了，「我的兩個編輯都建議我處理掉。但我想反正是凶宅，賣不了什麼錢，就先放著吧。」

退伍後，曄在街上找到一家影印店的兼職工作。

待遇和工作環境不是很好，店內沒有廁所，店主還養了一條不會認主人、愛亂吠的破狗（他好奇自己的「動物緣」為何總如此差）。他很快就辭退了，那有一半是父親的意思。父親要他去準備國考，最好是文化行政，「你專心備考就好。考一年、兩年、三年，都無所謂。我會支付你足夠的生活費，放心。」

曄同意了，立即去報名國考班。因為這條街隸屬學區，走到不遠的大路上，就有許多全科補習班。他覺得這樣對自己，對父親都好。他可以就近為父親照顧這惱人的凶宅，惱人的遺物（包括夢夢）；而父親也終於可以自由地，過上沒有親人的生活，專心寫他被家庭耽擱許久的鉅作。

真是皆大歡喜啊。

曄整理母親的遺物時，發現皮夾裡有一張「寵物溝通師」的名片。名片製作得很精緻，顯然特別請人設計過。背景圖是一隻像是埃及圖騰的眼睛。

曄照著名片上的號碼，撥過去，是個低沉的女聲。曄告知了身分。「啊，你是阿姊的兒子啊……」她似乎花費了一段時間，才勉力想起曾接待過這位客人。「她已經好久沒有找我了。有什麼事嗎？」

阿姊？

曄聽到這個稱謂，不禁愣了一會，「很不好意思，有件不好的消息想要通知妳……」曄告訴那頭的女子，母親已經去世了。「啊，是這樣啊……」

阿琉似乎並不怎麼意外，語調平靜極了，只差沒有說出：「我早就知道了。」她的聲音還是溫溫的，低沉的說道：「請你好好照顧自己。」

「對了，也請照顧好阿姊的貓。」女人補充。

「請問，妳會想要看看貓嗎？」曄怕女人就要掛掉電話，遂搶著開口，「我有幾個問題想要問妳。」

*

前幾日，曄再次通過人肉技巧，找到一對被記者指為「殉情」、還在大學就讀的攝影社情侶。年輕的他們，早已逃離臉書，而在另一處更不設限的社群網站，另起爐灶。白話來說，那就是對腥羶色全不加管制的「自由平台」。他們共同經營一個名為「空地」的圖文專頁。

那是一對熱愛野裸的情侶。專頁的追蹤人數極少，但看得出，經營得非常用心。

文章幾乎兩三天就更新一次，那讓曄可以放心的，將整個失眠夜晚浪擲在那些圖文裡。他是個考古學者，追溯水脈那樣，回到專頁最初的帖子，講述他們如何遇見彼此。那則貼文，配了一張兩人於水中擁吻的照片，標題為「發現」。文字寫著：地球太擁擠，讓人喘不過氣。直到有天，我們發現了一個世界上僅存的「空地」，「也不怕各位笑我們肉麻——就是彼此」。

從貼文提供的線索，曄得知了，這對情侶從初識到死亡，竟只過了一年兩個月。

一年兩個月，便決定了的殉情。

那是怎麼樣的殉情呢？可以稱為「殉情」嗎？

照片拍攝的場所，包括深密的林地，幽暗的樓梯間，或者明亮的山路，水族館，隧道，構圖都是過曝的肉身。曄看不清他們的臉，更無法從他們幾乎一絲不掛的身體，感受到一絲情慾。不同於意外的死者，曄明確感受到，那些畫質低劣、刻意模糊的照片，是一封封規劃好的遺書手冊，毫不避諱、甚至熱切傳遞著兩人對於死亡的嚮往。

當他發現，這對情侶曾和他們家門前的魚木合影，他幾乎驚呼出來。天色非常昏暗（大概是凌晨時分），赤裸的男女牽起手來，背部貼著那棵老樹拍照。臉孔仍被過曝的閃光遮蓋，性徵則暴露無遺。

曄查看了合影的日期，是母親死亡後的一個多月。

照片下方的文字很簡短，只註明：「不冷。」

亡羊補牢。

「空地」這一詞彙，讓曄感到奇怪，卻又有種說不上來的親切感。那讓他想起，亡羊補牢，這一從小到大，令他困惑的成語。在羊群走散以後，重獲修補的欄杆，圈繞的豈不只是一片空地嗎？於是，所謂修補，便不再是為了追溯過往（羊不會是原來的那群），而在於「圈繞」的行動本身。人們彷彿以此宣稱，他們仍占有著那一小塊、什麼都沒有的虛無。

那就好像，高中時上過的大型補習班。缺課的同學，會被集體關進頂樓的小隔間，看那預錄好的錄影帶。在那裡，對著老舊的牆一次次練習會話與發音。像是「補課」，曄如此設想：夢夢的心底有一個為他預留的補課間，而那些錄製好的時光，則像是絲線，亂蓬蓬的。

對夢夢而言，那絕對是毫無意義的。

她只是把它們記著。

而阿琉要做的，便是把它們讀取出來，轉譯為人類的話語。

他能懂的語言。

母親的語言。

*

阿琉和曄說過，當她還是個什麼都感應不到的「痲瓜」時，非常厭惡動物。尤其怕貓。她覺得貓的走路姿態很怪、很邪惡，「根本就是外星生物。」

直到有一日，從深沉的睡眠中醒轉過來，她覺得眼前的世界異常清晰，但耳際卻出現電台接收訊號時，受到干擾的噪音。

「這世界太吵了。」她說，她的心中會忽然浮現各種聲音。有時候又什麼都沒有。她學習用圖像控制那些腦中的「電波」，因而所謂「溝通」，並不是通過語言，而是類似某種心靈漫遊，某種共感。「那比較像是既視感，Déjà Vu，聽過嗎？」她說。「貓狗的心思比較單純……，像我就沒辦法解讀人類。不可能的。我腦子會先爆炸。」

「其實我還是不明白，為什麼阿姊要故意讓夢夢，看見她的死亡呢？」

直到出門前，曄仍在咀嚼著來自阿琉——不，來自夢夢，的應答。

他清楚明白，那些轉譯，已難確保是母親的想法。母親早已化為一縷白煙，垂掛的影子。全來自夢夢，那老母貓那不可靠的腦袋。又或者，那其實全是阿琉的杜撰呢？曄想著：母親生前，趁著他入伍、「寵物諮商」的時間，把自己預備多年的死亡計畫，全告訴了阿琉：包括兒子的義務役入伍。自殺的時間。甚至是自死的方式。

包括她會為曄留下一隻貓，以及一紙皮夾裡的名片。

（也或許因此，阿琉在得知曄的母親死訊，並沒有流露太多情緒？）

誰知道呢。

曄笑自己腦洞大開。這樣的鬼故事。

他把還在補眠的夢夢，裝進籠子裡。這傢伙總是晚上作亂，白天睡覺。

他走下樓。

走過溫州公園時，他注意到很多上了年紀的老者，對著那棵巨大的魚木。正在畫畫。每個都饒有架式的樣子。有個老師模樣的女人，揹著手，緩步在畫架之間，腰間的小蜜蜂殷殷告誡：「重點不是花。要把風的感覺畫出來。要畫出樹木的紋理。」他路過時順道看了畫作，魚木都被畫得小小的，天空很大。

很遙遠。像海。

畫布還停在鉛筆素描階段，他知道，今天的練習才剛要開始。

湖

叫我忘記一些事情。／或者，至少不要期待死亡。

——李渝〈夏日——一街的木棉花〉

外曾祖母人生中第一次坐上飛機，他們全家都去送行。

這裡說的「全家」絕非小家庭，光看在場人數就有七十好幾，遑論那些蟄伏在LINE群組裡，通過視訊實況連結的來不了或更遠一點的親戚。事實上，這一家人的送機活動，從一年前就開始規劃。外曾祖母從農民曆上選定三個黃道吉日（宜移徙宜出行），送進山上的祖祠擺放一個月，擲筊數輪終於獲得祖先首肯，在次年九月的第一個週一實現。原以為只是一場荒唐的突發奇想，人人都說：「不可能啦——」「阿祖又想到哦？」直到群聚機場那天，大家才意識到，真的要和外曾祖母辭別。

登機前三個小時，他們在機場的大型商務包廂內，輪流和外曾祖母握手，擁抱，敬禮，合影，說上幾句悄悄話。幾位較年長的、外曾祖母的親生孩子（他的四位姨婆、還有最小的舅公），則特別被分配「小蜜蜂」代表致詞。他最記得的，是這幾位七十以上的老者，以緩慢的語調，追述著外曾祖母的「預知死亡紀事」。例如三姨婆哽咽說著：「上個月去看媽，我發現她將相冊從床底下拉出來，在床上看了一整夜。」小舅公則說，半年前她忽然喚他去蟾蜍山走走，說兒時有個很好的玩伴住在那裡，後來沒了聯絡。他們散步穿過臺大校園，在那個山腳下的老衰群落，外曾祖母早已辨認不出玩伴的舊時住處。他們花費了一整個下午，在山腰公墓區查看墓主的名字，還被騎腳踏車巡邏的員警盤問。

或許是因為有一整年的時間做準備，長輩們的發言都節制得不可思議；只有在小舅公致詞以後，姨婆們手把手，儀式性的哭啼一會。雖不是名義上的喪禮，但那黑衣黑褲黑裙倒是有志一同。只有被送行的外曾祖母格格不入，一襲酒紅色連身套裝，「倒縮」的身形，讓她看起來像是偷穿母親衣服的小女孩。她特地換上一對巨大墊肩，據說這樣坐經濟艙，肩膀才有得靠。她坐在那仿真龍椅上，確似慈禧太后那樣笑看子孫兒媳排排站，彷彿她才是那個送行之人。

外曾祖母早在一年前、月亮完全被雲遮翳的中秋，她在院子裡剝著柚子皮時忽然宣布,「我不回來了!」那時,他們家幾個小輩準備烤肉,剛升起炭火,整個院子都是白茫茫的霧氣。外曾祖母的話語和她自己,也像是深陷雲霧之中的月亮。子孫輩沒有意會過來,隱隱約約聽到「不會來」,還以為是外送的五十嵐珍奶沒有送到。只有長女的孫子(也就是那個少年時代即白了整頭的二十七歲大叔),像個孩子大喊:「阿祖,妳不要嚇人!」就是那一聲喊,在這一年多來,失業賦閒在家的他便被派遣任務,每個月從家族的「公用基金」提領二萬元,為外曾祖母記錄故事(他們不願意說明,那其實也就是「遺書」)。

外曾祖母深知來意,每當他泡起茶,坐定,慎重開啟錄音機,她便充滿戒心,像準備下一盤舉世關注的棋。外曾祖母很有sense,認為世上的故事那麼多,想要引人入勝,必得放些勁爆的梗,並且賦予故事教訓;例如她特別著墨,作為一個孤獨的早寡婦人,如何一肩扛起撫養六個小孩……,外曾祖母原來是個drama感特重的人瑞,無比自戀自憐,沸騰的表演慾。換個角度說,她想要對自己的人生,有更全盤的掌握。如此思維做到極致便不只是安排餘生,更要詮釋自己。「小白啊,這個你沒有聽我講過,對不對?」外曾祖母總是這樣開始,然後以：「哎呀，小白，我看這個還是不要寫好了。那些人不知道做古沒有？」這樣的自我推翻作為結束。

外曾祖母總是叫他小白。外曾祖母並非臉盲，但她始終記不住十二個內外曾孫的姓名。因為她自己姓白，便把幾個曾孫全叫成小白，女的則叫白白，這樣確保不會喚錯。

他遂在溫州街的舊厝改過姓氏，變成白家人。他成為了外曾祖母的其中一個分身。

行前三天，外曾祖母終於對他說了一段「心路歷程」。「小白啊，這個你沒有聽我講過，對不對？」她仍是以這一句話開場，接著說：比起死後辦理隆重葬禮，她寧可生前好好的「被送行」。不過，「生前告別式」沒意思，人還在，說什麼告別也太過矯情。所以，她要真正的「走掉」。她強調，她會跟團走，千萬不要任何親人陪同。她曾想過，她要趁著導遊上廁所或者同團遊客全陶醉風景的時候，偷偷逃開，消失在森林深處。她要故意踢落土石，或者把石塊扔進水裡，掀起漣漪，並記得把一隻鞋留在岸邊，讓團員都以為她已跌落山谷或溺斃……，「總之不會讓你們找到屍體。我不想讓任何人見到我死掉的樣子。」她的話語很直接：「『死在那邊』是很狼狽的一件事。」

她說不知道為什麼，七十歲生日那天突然想要寫作。有個題材撞進她的腦海，書名都取好了：「如何人間蒸發」。

她當然沒有真正提筆，可隨著年齡老大，她總是憂心如果自己就這樣平庸的死去，該怎麼是好？於是，她開始在生活中，處處留心死亡的可能。譬如，看見鄰居強健的松樹，就揣想：「那棵松樹的樹枝看來似乎不錯」，又或者，她曾物色過附近的高樓，哪一處的景色較好。想來想去都不行，在這樣一座現代都市，要成為一具無名女屍真是困難。

現在，她終於要用自己的身體去實踐計畫。她說，沒有骨灰沒有誦經，沒有哀父叫母，沒有孝女白琴，那樣的死亡，才是真正的死亡。對她而言，死亡必須歸於簡潔。當然，她要求他將這整段話暫且保密，畢竟她已對外改口，這只是一次終有回程的「小旅行」。不過，她也不允許這事隨她的死亡失去意義，要他允諾在她走後十年，將此事寫進書裡。她知道他正在寫一本「你可能不感興趣的溫州街故事」（主標題為「廢宅生活」），「『死在途中』多好，一定會流行。」

因為歲數關係，又無親人陪同，外曾祖母被要求簽下切結書，表明一切意外都與航空公司和旅行社無關。此外，還得附上一紙醫師診斷證明書，證明身體機能尚在水準之上。家人們都很意外這次旅途可以成行，據說是之前某家航空公司拒絕過老者的獨自飛行，被控告妨礙自由，罰了幾十萬元學一次乖。總之，唯一條件就是診斷證明，切結書也簽了，他們便放飛彼此。至於「對岸」，那就更不麻煩了。反正有導遊帶著，老人團嘛，走失之前不會有人控管；失蹤了也就當作失蹤人口結案，土地實在太遼闊了，有資料顯示，台灣人一年在中國失蹤六十幾人至今杳無音訊。

至於去哪裡？

「雲南。」

外曾祖母唸出這兩個字好堅定，像是早就規劃好的旅行：飛昆明，轉麗江，直奔玉龍雪山。巴拉格宗、棕櫚峽、通天峽、香巴拉佛塔、香格里拉……

外曾祖母唸誦景點像是咒術，他始終不明白外曾祖母腦海裡怎麼建構起這一幅蠻荒邊陲地圖。她說，幼童時她在父親的書架上，看過一本唐人寫的雲南方志，名曰《蠻書》。她從此把這美麗又荒蠻的地名放在心底。她又說，曾看過一篇像是故事的報導，她記到現在。報導描述：玉龍雪山的納西族少年少女，認為世上最美好的德行便是殉情。他們認定深山某處斷崖，底下有一座鏡子般的高山湖泊，是通往「金花不謝，金果不落」王國的結界。他們穿上最美麗的傳統衣裳，銀飾品在風中搖曳彷彿噹噹噹噹的風鈴；而後帶上私製的地釀，在芳草如茵的春天瘋狂造愛。三天後，他們頭戴花環，攜手自斷崖跳落，自沉在春天的湖水中。

「噗通。」外曾祖母竟發出了這樣的聲音，然後閉上眼，舒服地發出了「嘶——」的聲響。那一刻她彷彿真回到死不知幾年的高祖母的肚腹，被羊水溫柔包覆。外曾祖母描述這段記憶，彷彿在一個奇怪的夢裡，不，那簡直就像是她的某一段前世。

外曾祖母生於民國十四年，那應也是前世了。

外曾祖母九十五歲有了。與任何保險公司都不存在契約關係。頭髮早就剩下幾撮孤獨的白毛，牙齒也因牙齦萎縮，掉到剩沒兩三顆了。但她的身體，仍處在一種十分怪異、彷若遲滯於少女時代的健朗情態裡。甚至，可以直白一點稱為「強壯」，看起來可再活二十年沒問題。

一年多前，他與交往五年的男友協議分手，同時面臨公司解散，挫敗返回溫州街的老家居住，美其名「照顧」、「陪伴」外曾祖母，其實就是待業在家啃老。他常想，外曾祖母應該覺得自己倒楣透頂，老來清閒卻要跟一個小鬼頭（雖然他一頭少年白）分享家屋。而且，她跟這一號「小白」根本不熟，搞不好還想問：「您是哪位？」

又有時，他很慶幸他大學讀中文系，曾做過一場作家夢。他努力閱讀、模仿名家，寫出幾篇小說，在報上刊登。憑藉這個經歷，以及在廣告公司待過寫企劃案的本領，文化局審核通過申請，給他一筆錢撰寫地方故事。政府給的錢當然不能算多，一個月平均下來只有一萬五；但一來住在家裡，二來很守本分，並沒有太多消費。家人們倒也放心，連遠在上海的他老媽都說：「休息一下也好。蹲得低才跳得高。」而後又有了「阿祖回憶錄」這檔事，他也就更順理成章在這條街上生活下來。他曾立下一個座右銘，始終放在心上：啃老可以，但不要啃得太用力。

「我很開心，」在起飛前一個小時，終於輪到外曾祖母發言，「這是我這一生中最快樂的一天。」

送外曾祖母出關前，他向航空公司申請了拐杖和輪椅，家人們都說他好貼心；他們沒注意到，他把四顆充好電的行動電源，全塞進了外曾祖母的行李箱。他教她怎麼使用通訊軟體傳送錄音，若在旅途中有任何想法，請將字句傳回來。

「我們會當作傳家寶。」他說。

外曾祖母忽然慎重起來，煞有其事點了點頭。然後拉起自己的行李，緩慢堅定，那背影像是第一次出遠門的小學生。直到進關前，她都沒有回頭。

「阿祖，再見。」

他當然沒有說出口。

*

回到溫州街才下午五點，他以為完成了一段好漫長的旅行。

離開機場前長輩們抓著他的手，眼泛淚光，要他好好休息。他有點好笑的說，好的，好的，好的。或許在其他家人眼中，外曾祖母被設想為他這一年來的老闆。數算起來，距離他們來訪的週日尚有四天，他應該可以慢慢來，整理外曾祖母留下來的物件（他始終不願將它們想為「遺物」）。他將衣物摺疊分箱裝好，並清理出幾本介紹「茶馬古道」、「西雙版納」、「束河古鎮」的書籍，還有一套十片教導觀眾如何辨析和品嘗「普洱茶」的ＤＶＤ（她為雲南行做的功課，但根本沒耐心看。她的說法是：「那個不好看」），準備走去兩條巷子外的二手書店賣掉。此外，他已悄悄將外曾祖母留下照片洗出，和早逝而顯得年輕帥氣的外曾祖父擺在一起（好不公平不是？），懸吊在時鐘下面。那是起飛前一週，外曾祖母囑他帶去拍的照片。外曾祖母手提水果籃，燦笑著，背景是舊厝庭院裡的葡萄架，上頭纏繞著絲瓜藤。籃子裡有幾個棗子和蘋果，都是菜市場最新鮮的。

從市場走回家的路上，外曾祖母向他強調，古時候人說：「食果子，拜樹頭」。以後祭祀，也要跟上時代，記得要選有機的，賣相醜一點沒關係，一定不要有農藥。他不知道外曾祖母為什麼會在這種時候，仍想著有機，仍想著農藥，真的和她的女兒一個模樣。外婆六年前去世，即便萎縮的身體掛滿點滴，仍在病床上囑咐他要多吃一點水果。因為某些激素倒灌進腦袋，外婆最後幾個月陷入嚴重昏迷，甚或沒意識到自己即將老死。

在那病床上，她對著不同的人講過無數遍，「要吃水果。」無數遍的其中一遍是對著他說的，還說他年紀輕輕白髮那麼多，就是吃得不夠營養。結果那次談話不久，外婆就被宣告病危，沒再醒來。他遂不免怪罪自己，竟讓這段一點都不重要的叮嚀，成為外婆生命史的最後一節。他一直記著這件事，因此當外曾祖母談起水果，談起農藥，他總會有一點說不上來的感覺。

天色已徹底暗去。

他在院子邊角，選了外曾祖母最愛的位置，躺在那對身高一八〇的他略嫌窄短的藤椅上。這一景框屬於外曾祖母。他多麼想把眼前所見如實描繪下來。他看見的庭院，庭院裡的盆景，鐵杉，木芙蓉，印度紫檀，對門爬滿蓊鬱的炮仗花……。他算算時間，思想起來，此時，老阿祖應已入住昆明了吧？或許，外曾祖母手指敲擊著冰冷結霜的機窗正鳥瞰昆明夜景。

事實上，他曾用Google地圖看過，昆明早就不是地理課本上、花團錦簇的花城，而是一座蓋滿煙囪工廠，空汙嚴重的城市……，不知道外曾祖母是否能在那樣的地方，找到「金花不謝，金果不落」之國？

他還不餓，決定在晚餐前再泡一壺茶。想像如常傍晚，開啟錄音筆，和外曾祖母有一搭沒一搭閒聊。他打開電磁爐，將水壺擺上，見蒸氣靜靜翻騰，化在空中不見。

他決定這是今晚最後一次看手機。

他在家族LINE群回報，外曾祖母沒有來訊。

隨後，他拉起小棉被，將手機的飛航模式開啟。

他覺得那張藤椅非常非常溫暖。

＊

他做了一個夢。

夢裡有一張書桌，書桌前有他，他正低頭，寫字。

他意識到那是一個夢，因為他認出眼前的窗框，窗框上掛著一只鳥籠，籠子裡有一隻鸚鵡。哦，小時候，童年的夢。他很快的告訴自己，小時候家裡確實養過一隻鸚鵡。後來死掉了，那是當然的。而他在寫字。被設定好那樣的，他感受著身體不由自主的運作。當然，還有一種輕微的疼痛，在手腕，在手指關節，彷彿他已在此持續寫了有兩三個小時之久。那像是暑假作業吧，他聽見了蟬鳴，彷彿波浪一波一波覆蓋上來，淹沒了家屋，淹沒了整條溫州街（那是長大後逐漸少有的聽覺感受）。他聞到一股炒菜的味道，他聽見家家戶戶抽油煙機在運轉的聲音。他聽見廚房裡，外曾祖母正在張羅午餐。眼前畫面如老舊電視，充滿雜訊。他聽見有人舉起筷子，有人在悄聲說話，有人以湯勺敲擊湯碗。

他重新把注意力，放回正在運算的數學題目。

從算術的難度看來，應是小學三年級。

三年級的夏天啊。

他忽然想起一件事。

他踩著拖鞋，撞開門，跑出庭院。他想像街道像是棋盤，他則是一顆棋子，被某人飛速移動著。他看見自己騰空而起，像是一架空拍機，俯瞰著滿屋頂的紅花。他看見後來的二手書店，原是一家豆漿油條。還有那家文青咖啡，竟還沒有房屋，只有一對看起來好老好老的夫婦在擺賣日用品。有梳子，保鮮盒，捕鼠夾，棉花棒。他記起來了。他看見一群人，在新生南路的對面，校園門口，拉起白布條；有一個大學生模樣的男生，站在凳子上，持大聲公像是在宣示著什麼。他不確定那個傢伙，將來會不會成為歷史課本上出現的人物。他感覺有風，吹過樹，吹過髮梢。天上有直升機，轟轟隆，他抬頭看，是青色的天空，無邊無際彷彿倒懸的海。

他聽見有人喚他。

他回過頭，看見一座巨大的湖。

湖被包覆在無限延伸的城市街道和牆壁之間。

湖就在那邊，在巷口，在兩條街道的交界之處。很怪異的，像是一個沒有清楚邊界的傷口，在屋子和屋子的隙縫之間綻開來。在後來的記憶裡，那裡並不存在著湖泊。也或許：那是被他遺忘掉的記憶嗎？他走近湖，伸手摸了摸湖水，是溫熱的，甚至有些燙手。他隨手撿起地面上的欒樹果實，往湖裡丟。果實浮在水面上，湖上起了一點波瀾。很快便靜止了。果實沉落了。陽光照射。

他見到一頭鶴。

鶴從湖彼端飛來，逐漸下降，下降，指爪在水上輕點。牠斂起羽翅，將自己隱藏，隨後羽毛炸散，那竟是個和他年齡近似的女孩。她站在湖水中央，四處張望，看起來在等待著什麼。他揉了揉眼睛，發現那女孩正快步朝他走來。

「你在看什麼？」

「喂，你在看什麼？」她的頭髮很短。白衣短袖短褲。很一般的夏日穿著。

「不要發呆。」她看著他，像是早就認識許久。

「看什麼？不是看妳就對了。」他故意裝著若無其事，站成三七步，練習展現出國小三年級男生的神氣和語氣。他想像著，並偽裝著小孩子的模樣。因為他深怕夢主若一察覺不對勁，就要將他驅離。

「嗯？」她說，「你好奇怪哦。」

「對了，妳怎麼站在湖裡面？」他說。

「你真的好奇怪哦。」她站遠了一點，用古怪的眼神看他，「這裡哪有什麼湖？」

她轉過身，跑開了。

她踩在水上，但沒有濺起水花。她留下淡淡的紋理，像在鏡子上寫字。

他閉上眼，再睜開。

女孩消失了，湖水依然閃爍刺目的光。

*

外曾祖母的訊息在第三天早上傳來，說他們一團人在麗江城裡聆聽納西古樂。外曾祖母先講了一大段，大意是這裡的食物很重鹹，她吃不習慣，但還是很新鮮，很好玩啊。

而後，音樂開始演奏。

他不確定是錄音品質不太好，有些雜訊，又或者那就是納西古樂本來的樣子。他覺得那就像是小時候看廟宇前的野台戲，敲鑼打鼓，嗩吶聲非常刺耳。一段演奏之後，他聽見外曾祖母小聲地描述，寬敞昏暗的演奏廳裡，演奏者都穿著清朝官服，很像死人穿的那種。她說，每一個演奏者看起來都比她還要蒼老，那音樂彷彿為他們自己奏響的喪歌。他上網查詢，才知納西古樂已被列入世界遺產，到許多重要的國際音樂廳演奏過。據說歷史上很知名的《霓裳羽衣曲》，曾隨某不知名官員移動到雲南。由於交通阻隔，樂聲反而被琥珀那樣封存起來。

他將那段嘈雜錄音上傳家族群組，很快就有數十已讀。

但空蕩蕩的，無人回覆。他們都在各自的手機前，側耳傾聽這古怪的喪歌嗎？

終於收拾好外曾祖母的梳妝台。

*

他從外曾祖母交付的信封取出鑰匙，打開了第三個抽屜的鎖，發現兩條金手鍊、三個玉環散放其中（甚至沒有用首飾盒裝著）。其中一只紫玉的，他見外曾祖母在某個不熟的親戚喜宴上配戴過。他用預備好的縮口絨袋裝好。而那些不知道過期沒有的胭脂水粉（倒是沒有「明星花露水」），以及剪刀、睫毛刷、電捲棒，甚至還有不知道哪個親友的喜帖訃聞，通通掃進大紙箱子，標號封存。

標號的習慣，大概是中文系的訓練使然。那是他的「寫作的準備」：開啟一個excel檔，把所有的題材，百科圖鑑那樣別類歸檔。外曾祖母的離開太不慎重了。她出門前梳過頭的梳子，隨意擺放在桌上，還糾纏著頭髮。他又在抽屜裡發現一張便條貼，上頭是大大方方的原子筆字：「謝謝」。

離開外曾祖母的臥房時，他記起外曾祖母跟他說過，七〇年代某個已叫不出名字颱風曾重創臺北（她只記得是一個溫柔浪漫的西洋名字譬如珊迪珮蒂之類），一夜之間，整座溫州街區都變成河流。那時她早已出嫁多年，不住這街上。但她前一天正好冒著暴雨，回家探望鰥居的父親，睡在少女時的和室臥房。天光亮起，她驚覺自己正漂浮在水面上。哦不，並不是漂浮，而是劇台上唱的水漫金山寺。她看見家裡的盆栽鍋碗瓢盆全狂暴的朝她襲來，濺起一落落水花。她坐起身，才發現自己並不在床上，而是在一艘木筏搖搖晃晃。迷濛之間若有潮汐，而那水流竟則漫漶著透亮紅色的光暈。她被大水運出了房子，運出庭院，在晨光裡的溫州街道漂行。她忽然發現父親，也在另不遠處的木筏上，正沉沉睡去（朝陽打亮了他的臉）。而半年前過世的母親，則坐在父親身後，低著頭，專心織補毛線。她聽見母親遠遠的喚：「小ㄚ頭，妳醒了啊？」

這一故事他聽外曾祖母講過至少三遍，但他沒有一次信過，即使外曾祖母堅稱：「小白，這是真的。」直到他前陣子為了寫書，在住過溫州街某位女作家的書裡，讀到好怪異的一段：

很多年前，新生南路曾是一條簡單的雙行道，兩邊生長著茂鬱的千層樹和亞麻黃，中間流著一條深入路面的水溝，清澈見底，緩慢流行，溝邊的浮草和石塊之間漂游著一團團的血絲蟲。當黃昏到來，晚霞滿天艷麗的夕陽到映在水中，和血絲蟲交輝成紅豔豔的一片光時，世界上真是再也沒有一條街或一條水比它更美麗了。

女作家的血紅色川流出現在黃昏，而外曾祖母的海市蜃樓則發生在清晨。要說的話，那彷彿都是昏昧迷茫的狗狼時刻。而後他又知曉，這一帶在日治時期叫「水道町」，那已明示著此地有河道水渠穿行。

廚房與庭院之間，有一扇猩紅色的小門。門上的漆剝落得很好看。他好喜歡站在屋外，回身望向這間舊厝，磚瓦屋頂爬滿了藤蔓和青苔，像是一座綠意盎然的廢墟。門上貼了一張「貓來富」春聯。外曾祖母少女時期就愛貓，曾養過五隻。都死了，當然。外曾祖母實在太老了。貓死後全埋在院子裡，各自擁有一塊小小的碑。唯有站在這裡，他覺得在這世上，佔有了一點，惟有自己能夠感受到的什麼。即使偶爾，他也會極其悲觀的想，審查委員之所以通過他的寫作計畫案，並不是他的試寫稿展現出多少潛力或多少才華，只他剛好住在溫州街，並擁有這樣一座廢墟。

就是如此而已。

*

當然，他也為了寫這本《廢宅生活》，調查了這幢老屋的身世。

但他所有的資訊，並不來自與外曾祖母這一年來的相處。他很訝異，外曾祖母對這房舍並沒有什麼認識，對她而言，就是「從小到大生活的地方」，或者「父親的房子」這樣去時間的單純概念。歷史什麼的太遙遠，似乎也不大必要；她彷彿光是關心庭院裡的植栽，桌子上的灰塵，或者門口信箱塞入的傳單，就足以耗盡一生。

他到臺大校史館搜尋教職員宿舍譜錄，比對戶政事務所提供的公館區歷史沿革圖，終於查索出這一屋舍，在「水道町」時期的原始屋主。原來，這棟房子是日治時期一個姓齋藤的日本教授的舊居。國民政府來臺後，接收了這一房舍，並轉而分派給任教於臺大農學院的高祖父作為宿舍。還好高祖父活得夠久，足足住到二十一世紀的最初幾年才去世。他並不清楚，是否因此學校並未跟他們索回住處（就如校方將臺先生趕出十八巷的「歇腳盦」），但他有種哀愁的預感。

設想當校方發現外曾祖母失蹤，就會將這房子徵收回去。他有時也會憶起，外曾祖母早年喪夫之後，便帶著六個孩子，從臺中夫家回到北城依親。日本建築寬敞且隔間多，讓她們母子得以在此棲居。外曾祖母在附近裁縫店找到工作，因緣際會認識過幾個男人，但最終仍沒有好的「善果」（這一段外曾祖母始終坦承無諱，並抱怨自己真的生養太多拖油瓶了）。還好高祖父只有外曾祖母一個女兒，而屋子又夠寬敞，足以容納一個可能的悲劇。他忽然慶幸，這幢老屋並不真的由他們家族擁有，不會上演什麼爭奪家產或變賣家屋的戲碼。

此地畢竟只是暫居，直到他此刻擁有的一切，陽光，植栽，小小的墳，都是借來的時光。

＊

外曾祖母一個禮拜沒有來訊。

那通納西古樂的錄音，成為外曾母的最後留言。

家族LINE群平靜無波。在接連幾天沒消沒息後，他不再上去發言了，重複同樣的話語也沒有意義。家人假日來訪舊厝，異常沉默，踩踏過每個房間，打開每一個抽屜，這最後的巡禮更像某種偵察儀式。他看見小舅公站在那棵印度紫檀樹下，愣愣地放空。外曾祖母的「杳無音訊」被解讀為死亡，但那死亡卻無人能夠解讀與定義。外曾祖母彷彿家族譜系裡忽然被懸置的起源，他們甚至連是否要為她辦理除籍都不清楚。

沒有人再問起外曾祖母。

沒人要他去打聽。

那讓他感到輕鬆，卻又免不了小小怨懟起家人們的懦弱無情。

他有時會想，外曾祖母會不會根本沒有搭上飛機。她沒有去雲南，沒有去什麼玉龍雪山，她只是假裝出關又入關，而後坐車離開。他想像她對帶團的導遊說：「少年，我不去了。」即使莫名其妙，導遊大概也會開心不已，不用為一個隨時會亡故的高齡老婦負責。他聽到的納西古樂，或許真只是預錄好的，因為那樂曲實在太過熟悉。

他想起曾被前男友抱怨，他就是這樣一個人：愈不實際的故事，愈是相信，而且死不去看那些顯而易見的事實。

光是在臺北，甚至，在這條單調卻彷彿永無止盡的街上，就足以讓人一輩子迷失，永遠神隱。又或者，她會不會趁著他不注意，再次躲回了這幢老厝呢？這樣一座充滿夾層，縫隙，斷裂的家屋，他理解多少呢？她一定捨不得告別這裡的一切吧。她會忍不住想逛菜市場，吃水果，想要打掃房子，剪裁那些疏落的花木。她會手癢吧，想要把長滿鏽斑的窗框和門把通通擦拭一遍。

他苦笑起來。別再裝了，全世界最無法接受外曾祖母離開的人，其實是自己吧。

＊

下午兩點，手機響起通知，他連忙放下手邊正在處理的稿件（他正在把夢中的溫州街景記錄下來）。

原來是媽。

竟然是老媽。

她留下了一封微信的語音訊息，要他放心，外曾祖母在她身邊，他們已拉車到玉龍雪山腳下，正在排索道的票，「我老公也在。」她說，導遊很熱心，為他們講解此地的歷史，「前天下大雨，山路崩塌得滿嚴重的，司機硬要開，我快嚇死。」他一陣眩暈，幾乎要大叫出來：天啊，怎沒料到這一著？確實，外曾祖母這種一生沒坐過飛機的老人，如何可能隻身前往那種鬼地方呢？她早就安排好要孫女陪伴了嗎？他繼續聽著留言，邊想著，原來送行當天，媽說趕不回臺北是連他一起騙了。「來，阿嬤，換妳說話。」外曾祖母並未接過電話，似乎說了一些「不用啦」、「沒有要說什麼」，便改由老媽接手：「你阿祖不知道入了什麼邪教，一直跟我說要去山上找一座湖。」

他回撥電話——當然是用微信，不知是高山網路訊號不佳或者如何，始終沒有辦法接通（他是否錯過了最後挽救外曾祖母的時機）。他甚至，懷疑起這一段錄音的時效性。

他想像老媽和男人挽著手的情景。

離地千呎高的纜車上，他們坐在外曾祖母瘦小的身體對面。他們是否知曉，眼前這一近百歲的老人，正在謀劃一場自死之旅？抑或者，這一趟古怪旅行的目的，其實是他老媽和男人決定好的殉情計劃？「死在途中」的旅伴？

那男人是老媽五年前認識的。男人長住上海，來臺北出差，是個外商公司的業務。男人有妻子了，只是那個女人患上某種絕症，身體變形得很嚴重，長時間住在醫院。媽說：「那個女人已經是死人了。只是還沒有死，還會呼吸。」兩年前，她和老爸打了離婚官司，買了單程機票就飛去上海，成為人家的臺北情婦。老爸被綠得莫名其妙，但很快就接受了。畢竟他在外面也有一位來往密切（據說早已同居）的同事女友。他倆心知肚明多年，就連他這個做兒子的都看得清清楚楚。離婚瑣事確實麻煩，跑程序，究責分產什麼的；不過最後一次踏出法院時，他們一家三人，還是走路去吃了很紮實的牛肉麵。

老媽一年回臺北兩次，都是跟著男人回來出差。不一定在哪個時間點，但總會「回娘家」，住在溫州街上，男人也會跟著來訪，拜會外曾祖母。他覺得男人比爸帥多了。

他難得認可老媽的審美。

外曾祖母很開心，聽說男人愛吃麵，還少見親手煮了排骨酥麵招待。飯桌上媽捶了那男人，說她也只吃過這道傳說中的「拿手料理」兩次，你何德何能。男人還喜歡溫州街上的一家麵館，一對老夫妻經營的，男人建議他們的紹子麵可以多加點香菇。

*

這一天是畢業典禮。

當他意識過來時，他已走在列隊之中。

那是小學六年級，從身上穿的制服看來，應是春夏交際。

他發現，自己臉上戴了口罩。老師，同學，還有走過去的路人，都是如此。

他們走在一座偌大的校園裡。他很快就認出一旁蓊鬱的樹木以及日式建築。這裡是舟山路——他記起了：這一天是畢業典禮。而此刻正在發生的重要事件，就是傳染病大流行，而且疫情應該剛剛開始而已。容易群聚感染的室內空間遭到禁用，校方只得放棄禮堂，和臺大商借總圖書館後方的大塊草地。每個畢業生都提一張童軍椅，他和幾個男生，還要幫忙抬好幾箱的畢業證書與贈品（是有點厚度的漢英雙語辭典）。列隊旁有人拖著音箱，演放經典畢業歌曲〈朋友〉和〈萍聚〉當作背景。

只是不知何開始，列隊就散掉了。有人蹲在地上哭泣，有人安撫，有幾個女生則在一旁瞎起鬨要告白，有人在簽寫制服和畢業紀念冊。

他站在一旁，遠遠看著一群口罩人，隔著一層面紗努力表達自己。

他並未注意到，畢業典禮何時結束，夕陽也已全然西斜。在這一場夢裡，夢主似乎沒有耐心，陡然抽掉了白天，換上黑夜。祂讓他置身在一個奇異的、彷彿被透明玻璃隔離的溫室裡。

他還戴著可笑的 N95 口罩。

他見到了一座湖。

那是醉月湖吧，他想著，卻又彷彿不是。

他一直記得「湖心亭」的傳說：只要在月圓之夜涉水，登上那湖中的亭子，就會被傳送到過去的某個時間點。

他坐在湖畔。

靜極了。絕對的靜。太平盛世。以至那湖上折映的月光，竟有些扎眼。

這次他沒有拋下任何東西，女孩已經出現在湖上，並快步朝他奔來。

「你在幹嘛？」她好像和他一樣，都長大了。要畢業了。「好巧哦，又見面了耶。」

她的胸前別著給畢業生的百合花。原來他們是同一所學校的畢業生，但他毫無印象。

「這麼晚還在這裡。」他注意到她的胸部已微微隆起了，薄薄的制服透出胸罩的紋路，「找不到回家的路哦？」

他頓了一會，惱怒起來，「幹，到底關妳什麼事？」

「幹你娘，」他說，「臭機掰破痲。」

女孩愣住了。

看她的樣子，像是從來沒被這樣粗暴罵過。她哭了起來——不，不只是哭，那歇斯底里的程度，簡直是超現實的嚎叫了。

他覺得耳膜快炸裂了，這是搖滾樂的死腔吧。他想著，這女的絕對擁有死腔的才華。隨後，便是腦中無止盡的眩暈，爆炸，到了幾乎站不住腳的地步。

他心裡生出一股非常巨大的嫌惡和噁心。

他無法控制自己，將拳頭砸向那女孩的右臉。女孩美麗的鼻腔，立刻噴泉般，湧出巨量的鮮血。女孩被重擊後，向後方倒去。他順勢抓住那女孩的肩膀，避免她墜入湖中。然後，用乍看優雅的雙人舞姿，抬起女孩，而後用膝蓋猛擊她的肚子。他對她那青少女的，已微微堆疊脂肪的身體，瘋狂攻擊恐怕有十分鐘之久。

女孩才終於停止了哭泣。

他渾身是汗，大口喘氣，像是跑了一趟的馬拉松。

他將女孩的身體放在湖邊，舀了一手掌的水。
他拉起衣襬，溫柔擦拭女孩那滿是鼻血淚水，瀕亡的臉。
他仔細端詳好久，才看出那是一張多麼衰老憂愁的臉。

＊

許多年後，他坐在草木瘋長的庭院，仍想著：如果當年外曾祖母真的只是玩玩，而後又風塵僕僕回來怎麼辦？他究竟希望她徹底消失，亦或古老英雄故事那樣歷劫歸返呢？如果是後者，他一定開心極了。他會衝到機場大廳，搶第一個給外曾祖母大大的擁抱。他會遞給她一張有機餐廳的推薦清單，說：「妳看，我也沒有閒著。」他會以她為主角，寫一篇老套的人類學家和異族少年的異域豔情故事。他會更仔細的，核對故事裡的每一個細節；他會嚴厲的質問外曾祖母，那是夢，是現實，或者謊言。他會去校正，錄音當下誤解的時空，確認她談過的某某老師、某某醫生的名字。那些忽然浮現、跑野馬的細節，在書寫時都閃爍著意義，以及意義之外曖昧的光輝。他想要問更多一點，關於這條街，這房子，關於他自己的故事。

但那也不免失望。

老媽和那男人來過這房子。

媽很喜歡他認養的貓，但對他新出版的《溫州街的廢宅生活》則語帶保留。「我明明不是那個樣子……，還有你寫你爸那一段，簡直胡扯。」他帶他們去巷口吃麵。告別前，媽說，「以後你就是這房子的主人。」而那個上海男人成為他繼任的「老爸」，拍了拍他的肩膀，說了聲，保重。

他送他們到捷運站前的十字路口，看他們在馬路上，逐漸被黃昏淹沒。

他想起外婆出殯那日也是黃昏，外曾祖母在夕照裡舉著一條木棒，敲打著棺材。她哭泣的聲音非常健康，眼淚也很乾淨，口中卻罵出很穢惡的送行之語。

那時，他還不清楚外曾祖母的計畫，還不明白溫州街底下，曾有過盤根錯節的渠道。那是一個夏天，夕陽斜落的時間還有好長好長。

日系快剪

一片全新的土地／（……）／卻有著一股／奇怪的家的味道。

——《伊底帕斯在柯隆納斯》

圓球狀的刑具，罩住白桑的頭顱。上頭有數字跳動，並發出規律的聲響。他看見一個男人，戴著粉紅色的浴帽，顯影在眼前的大鏡子中。那是他自己。白桑望著鏡中那張感傷莫名的臉，竟覺得陌生至極——他已有多久，沒在這樣清楚的反照中，審視過自己？每回走在路上，或者在生活中，遇見可以反射的物事，他總會下意識的別過頭去：譬如車窗。店家的自動門玻璃。譬如街口轉角的凸面鏡。甚或只是，超商店員過於清澈的眼睛。

他注視著鏡子裡的那個男人。

而男人，彷彿更深邃的，回望著他。

那讓他想起，和妻子最後一次去京都。妻子說，她決定再去一次嵐山（他們交往後第一次同遊日本的地點，就是嵐山），要不要一起來？他推辭了。他說，他想再去奈良繞一繞，有個土產想買。他們在車站前分手。妻子離去前，饒有深意的看著他。那時，白桑並不知曉，那將是他們最後一次旅行。

他沒想到，竟在一家日系快剪店的鏡子裡，再次見到了妻。

那讓他更仔細端詳：鏡中男人眼角的細紋，像是木器的龜裂，竟讓本已渙散的雙眼，流露出一絲古老的神采。而右臉下方，黑痣邊，則漫漶出一塊墨漬般，深淺不一的斑塊。他當然明白，以這個年紀的男子來說，擁有這樣的印記，並不值得驚奇。讓他訝異的，甚至有些氣憤的，是在他未留意時，這張臉竟兀自敗頹了。

老去的臉。滑稽的浴帽。還有機械「電蒸頭」——

「電蒸頭」？是叫這個嗎？他甚至不清楚，那個掛在他頭上的鬼東西，要叫做什麼。

太醜怪了。幾乎到了「不忍卒睹」的地步。

白桑低下頭，不願再見到鏡中的自己。

＊

當店裡播起張信哲的〈愛如潮水〉時，白桑傾身，拿起賈斯汀早前放在鏡台的髮型雜誌，隨手翻讀。

賈斯汀看到了，便靠過來，說：最近很流行這個啊，韓風。他指著封面一個短髮男人的頭，白大哥，您有沒有在追劇啊？前陣子很夯的韓劇《梨泰院class》啊，「栗子頭，有沒有要考慮一下？」賈斯汀望著鏡子裡的白桑，彷彿在試探著什麼。白桑微微牽動嘴角，搖了搖頭。

「這顆頭其實不好駕馭哦，」賈斯汀彷彿早已規畫過一百種，客人不接話，不應答時的方案，「不要看它好像很清爽，很簡單的樣子……」賈斯汀繼續說著：要駕馭它，不是只看顏值，還要有錢，有閒。每三天就要進廠保養一次，不然雜毛一長出來，很容易就會垮掉哦，而且是整個崩掉。

「ㄅㄥ——ㄉㄧㄠˋ——」賈斯汀最後幾個發音，突兀的彈跳出來。那讓白桑想起：大學時代的語音學史，窗外落著小雨，夕陽斜照進老敗教室。滿頭白髮的老師指著黑板說，語言發音也和人類社會一樣，有著嚴密的階級之分。例如「唇齒音」，就是屬於發音之中比較「高級」的那種——簡單來說，發音愈費力，文明發展的程度，往往也愈高，「比如歐洲的中古貴族社會，他們的唇齒音，他媽的簡直到了出神入化的地步。」他又補充：「當然，也並不是全世界都如此。有些聲音就是會自己跑出來。」

至於韓劇，白桑的文明則一點進展也沒有，至今仍定格在《大長今》的那個古遠時代。那是他妻子還在世時，時間一到就要放下一切事務，直奔到電視機前鎖定觀看的一檔戲。白桑絕少看電視劇，他對他人的故事並不感興趣。但他愛妻。他總會一邊泡茶（妻子並不喝茶，她只喝咖啡），一邊陪妻子看那齣韓國古裝故事。情節他當然記不清楚了。令他留下較深刻印象的，是那些宮中女子的華麗髮型，和她們的演技一樣浮誇。

當年，《大長今》可是紅遍半邊天。

白桑卻始終不怎麼喜歡。或許是配音的關係吧，比起視覺，他總是關心著語言。而那無數個嘴型和聲音脫鉤的瞬間，總令他一再出戲。

妻子曾對他說過，《大長今》拍最好的地方，在於成功展現出秋天的精神：天空湛藍一片，很寬廣，清清朗朗的，而又充滿肅殺之氣。

因為沉溺劇情，他的妻子不只追首播，還要熬夜看凌晨的重播。甚至，她到書店買了韓文學習的入門書，饒富興味的，練習起那些彷彿蝌蚪文的字。夜裡備課時，白桑會聽見妻子在書房裡，跟著錄音帶咿咿呀呀彷若嬰兒學語。白桑不免有些氣餒：教了那麼多年的日文，仍無法引起妻子學習的興趣，如今更敗給了一群演技浮誇，梳著巨大頭飾的韓國婦女。

但是，他並不因此生氣。

他愛妻，他歡喜妻子與自己分享喜好。他特地到百貨公司，買了一台從平面廣告看來的「美日韓翻譯事務機」，送給妻。

妻子很開心，把玩著機器，每天對著它練習發音。然後慎重其事地告訴白桑，她會將這件事寫進日記。

《大長今》播畢後的第九年，妻子離世了。

走得不算突然，病也是這島上最普通的那種病。檢驗出來後，妻子拖了快三年才走。那段往來診間的時光好漫長，長到白桑真以為死神遺忘了妻，而妻子終將康健歸來。

妻還小白桑五歲呢，就這樣走掉了。

白桑整理遺物時，發現了那本初階韓語課本，連同一堆舊書被塞在床底下的箱子。封面沾黏著蜘蛛網，而書上的畫記與標籤，只做到全書的三分之一左右。

他想著：她真是個容易半途而廢的人呢。而妻子的日記，則始終沒有找到。

*

白桑並未料到，少年時代的重大決定，只為了讓此刻受困髮廊的他，從眾多雜誌中挑選日語的那一本。或者不只是少年時代。更精確來說，白桑這大半輩子，都在和日文纏鬥不休。可事實上，對於日語，他並不抱有太大的興趣。那只是謀生的工具而已。就好像，公車司機不見得就會喜歡公車，大概是這樣的意思。當初會唸這個（那時還未改制，系名也不叫日文系），只是成績剛好勾到門檻，不填可惜。也還好如此。再高個幾分，他就要去唸政治了——不過，那也難保他這平庸的一生，會變得讓人更加厭惡。

白桑對那些僵硬的，群魔亂舞般的小男生髮型，並不感興趣。但至少，他可以讀字。他讀得懂。他可以研究，日本人是如何編撰一本髮型雜誌，如何創造所謂「男性氣概」這件事。他可以不識時務，乃至重點之所不在的，複習日文文法，單字，以及那些搞笑的商業話術。譬如，有些髮量極多的男模，染燙成獅子狗，編輯仍能註明「瀟灑風」。或者清爽俐落一些，卻要塗抹一堆髮蠟，讓頭髮不自然的聳立，標「硬漢風」。也或者，他更在意的，是那些臉孔：那些出於不明原因，同意讓自己被擺弄，並被印上雜誌紙的男子的臉……，不知道為什麼，那些男子的眼睛，都像是點過了眼藥水：發紅。發腫。布滿血絲。楚楚可憐極了。

終於，他聽見頭頂的機械，彷彿經過了漫長的運轉，吐露刺耳的「唧——」聲。

那機械聲將他重新拽進現實。

水珠。

他感受到水珠。

水珠沿著他的髮際線，悄悄移動到額頭，就要順著他那老敗的臉頰滑落。

他忍住了，沒有伸手去撥。

（賈斯汀說，「可能會產生蒸氣，稍微忍耐一下……」）

水珠終落在亮紫色的圍布上。

*

二十分鐘前，賈斯汀小心翼翼的，向他推銷起這個「香氛精油．全面洗淨」的全新方案。這個以洋名自稱的男孩，看起來至多二十五歲吧。為了撐起設計師的架子，他頂了一頭亞麻色的鬈髮，像極從髮型雜誌裡走出來的美型男。格子襯衫，折舊的皮鞋，金色的蝴蝶別針……，那都讓賈斯汀看起來比他的真實年紀，多歷經了十年風雪。

不過，對白桑而言，二十五歲，三十歲，三十五歲，差不了多少。

那都是他遠離許久，再難想像的年歲。

「白大哥，您今天想要怎麼弄？」即便已服務白桑多次，賈斯汀談話時，依舊客客氣氣；只是有別於初次見面行禮如儀的「白先生」，稱喚已改為「白大哥」。有時，為了避免大眼瞪小眼的尷尬空白，賈斯汀自然會聒噪碎嘴一些。那也是造型師必備的技能之一。但賈斯汀不從過問白桑的私事，譬如工作，譬如家庭。他總能將話題，帶到白桑身上，而又圈限在無關痛癢的小事上。比方說，他的鞋子。他的膚況。髮質。恰到好處，不過分乾燥硬聊。而後，又總能輕巧兜圈，繞回商品的行銷上。彷彿前此的談話並非為了推銷，而是出自一片真心。

譬如某一回，賈斯汀向白桑科普洗髮精中的矽靈成分，長期使用會讓髮質受損，造成掉髮危機，「白大哥，您頭頂的髮量已經有點危急了，小心全部崩掉啊。」「那些超市的開架貨真的不要買，我是說真的。」「有些客人說，洗起來很滑順啊。我都告訴他們，其實愈滑順愈危險哦。」「天然的洗髮精洗起來，應該摸起來會澀澀的。」總之，在那一回，白桑刷卡買了兩罐高價位，號稱「純天然」的特大號洗髮精。「這個是只有髮廊才拿得到的貨哦，」賈斯汀送白桑下樓後，還陪他走了一段，才恭敬的將提袋轉交給他，「我上次看過您的頭髮狀況後，一直有放在心上，這是特地為白大哥您留的。」

這一輩子，白桑從未指定過髮型設計師。

對他來說，理髮就是最基本的需求，像是吃飯，喝水，是消耗品。就好像指甲。怎麼剪就是那樣。剪得再好、再貴，也還是會變長，何必多花冤枉錢，指定由誰操刀？

他卻在這家店破了例。

他自己也說不清，那是為了什麼。更何況，他當然知道賈斯汀所說，就只是一套和髮型雜誌沒兩樣的商業話術。他再怎麼遲鈍，笨拙，畢竟也不年輕了，哪裡會相信那些話呢？

或許這麼說好了，他甘於受騙。他喜歡欣賞這小男生不過分矜持的禮節，他喜歡賈斯汀狡黠的話語和身段。他喜歡把玩賈斯汀不卑不亢的言辭，只為了從眼前這老男人口袋中，多榨出一些老本。

白桑喜歡看這樣好看的年輕男子，為自己勞費心機的表演。他想像，這是專屬於他一個人的演出。

反正，在這世上他什麼都缺，但用以揮霍的小錢，還是有一點的。

「還是一樣吧。」白桑說，「沒有什麼特別的，不要剪太短就好。」

「那就跟之前一樣……，兩邊推上去，後面修齊。」賈斯汀看著鏡中的白桑，柔聲說道，「這樣好嗎，白大哥？」

＊

掀開塑膠蓋子，白桑發現紙杯裡頭，漂浮著一隻小蟲。透明翅膀小小的，斷在淡褐色的茶水中。

他闔上蓋子，若無其事捧著紙杯。杯身還有些燙手。

小電視機兀自播報著，北美洲昨晚的森林大火。主播以平淡語氣描述，有三倍台灣島面積大的林地，在一夜間陷入火海，化為餘燼。

當店裡播放起〈浪人情歌〉，白桑假意扭動脖子，實則用眼角餘光，瞥看四周。當他確認了賈斯汀正在整理另一婦人的頭髮，才不動聲色的傾身，將杯子擺回鏡台前方。

杯子安好的，放置在鏡台前。

像是從未移動過。

他假裝不知道蟲子就在裡頭。

＊

白桑走進店內，賈斯汀即放下手機，從櫃檯後方走了出來。「外面天氣很冷哦？不好意思啊，跟您約那麼晚。」賈斯汀順手接過白桑側背的布包，「很輕耶。」白桑聞到賈斯汀身上的香水噴得特別重，像是校園裡的橡樹氣味。賈斯汀在為白桑卸除大衣時，似還有意無意的，輕輕捏了他僵硬的肩膀兩下。

賈斯汀提著白桑的背包和大衣，掛在櫃台後方的收納櫃裡。

「怎那麼快又來了？」賈斯汀坐在白桑身後，一邊準備器材，「我印象您兩個禮拜前才來過。」

「兩個禮拜而已嗎？」

「我記得啦。不過我最近時間感不太可靠。」

「我沒有記時間，就感覺頭髮長了，不太舒服，就來剪了。」
「也是啦，頭髮長了就要剪。」賈斯汀笑了一笑，「所以，我們還是先洗頭？」
白桑點點頭，同意了。
即便他出門前，早已用上次買的「純天然」洗髮精，自己洗過了。他實在難以想像，真有人是上了髮廊，才讓人洗頭？
「先看一下電視哦。我去幫您倒茶——您要香片還是鐵觀音？」店裡聘有計時實習生，是個就讀高職滿臉痘痘的矮小男孩，平時負責招呼客人，接電話，泡茶，洗頭之類的打雜差事。不過，面對白桑，賈斯汀總是親力親為。賈斯汀將茶放在鏡台前，還留一塊巧克力餅乾。白桑再次感覺備受恩寵。
白桑看見，那矮小男生只是靜靜坐在角落，對著一顆女人的塑膠假頭，練習綁辮子。他曾聽賈斯汀說過，男孩「很不愛念書」，「但至少肯學，肯做，有一技之長也是好的。」
為白桑按摩肩膀時，賈斯汀介紹起，他們店裡新推出了一套頭皮護理、清潔的課程。「白大哥，這個儀器您以前大概沒看過，是我們老闆從日本進口的，很厲害，」他說，「可以檢查您頭皮的狀況。滿好玩的，您要不要看一下？」

白桑不置可否。

「您待會還有事嗎？」

「嗯，我待會還要去接我老婆。」白桑發現自己下意識地說謊了，「她還在醫院。」

「啊……」賈斯汀似乎有些懊悔，開啟了不該提的話題。

「沒事，沒事，」白桑很快的說，「小毛病而已。」

「白大哥，您是我最喜歡的客人。」賈斯汀仍鍥而不捨，「我說真的，我招待您，不用錢的。不會占用您太多時間。」

白桑終於點頭應允，賈斯汀將載著檢測儀的推車，拖到身邊。而後拉出延長線，接電，小電視的螢幕緩慢亮起。「一開始可能有點不習慣哦，」賈斯汀柔聲的說，一手撥開白桑的頭髮，另一手則持掃描儀，頂住白桑的後腦杓，慢慢往頭頂推進。白桑感覺到被某種放射物質照射著的，不自然的燒灼感。

「白大哥，您的毛囊堵塞得很嚴重哦，」賈斯汀皺起眉頭，彷彿真在審視病歷書。白桑側過身子，看見螢幕顯現出數百倍率大的，自己的頭皮。原來，他的頭髮並沒有想像中的那麼密集，更像是日本鬼片裡的敗老竹林，蒼涼的野地。

「主要是因為頭皮太油的關係，您的頭髮已經開始變細了。您看，您看這邊……」賈斯汀像是一名太空探險隊員，手持探照燈，緩步深入神秘星球深處。「尤其是這裡。」喀嚓。喀擦。賈斯汀將一塊特別空曠的毛囊區域，定格並顯影在螢幕上。「跟我之前想的沒錯，大概就是靠近您頭頂髮旋後面的位置。很危險哦，可能會崩掉。」

（崩掉。）

（又是那個詞。）

賈斯汀將掃描儀掛回機器上，發出響亮的「喀噠」。

「我之前推薦您的洗髮精，可以治標，但是不能治本。」他從推車下方的抽屜，翻出一本彩印的冊子。翻開第一頁，是一個青少年，以及他被放大百倍的頭皮。再翻過去一頁，則是一張稍年長一些的頭皮。隨著那一張一張頭皮的更迭，model頭皮上的毛囊逐漸萎縮，毛髮漸次細短、稀疏，真像是文明的衰亡。

最後，則是意圖明顯到令人發笑的，是個約莫有八十歲的老頭子，喪家之犬的頹喪臉。以及一旁附加的，有一顆頭皮被油脂徹底包覆，堵塞，幾乎看不見任何毛孔（自然長不出頭髮）的光頭。「白大哥，如果您不管它，以後也會變成這樣。」

「嗯？」白桑實在做不出驚慌的神情。為了配合演出，他只能略顯激動的問，「那要怎麼辦？」

「其實白大哥，您現在的狀況不算太嚴重。還好我有幫你檢查。如果用癌症類比的話，目前大概只是第二期，」賈斯汀說，「您今天如果沒有時間，可以先選899的這個『香氛精油．全面洗淨』方案。如果覺得真的有用，以後再定期來保養，買課程會比較划算。保證您頭皮健康。」

聽見那病名，讓白桑的身體微微震動了一下。賈斯汀似乎沒有發現，他正專注地盯著鏡子裡的白桑。

「您之前用太多『矽靈』洗髮，您的頭皮在抗議了。」賈斯汀繼續說，並加強語氣，「您可以當作是在買保險。現在還有得救，就要亡羊補牢。如果以後毛孔萎縮、開始大量掉髮，就救不回來了。」

他從高腳椅上站起來，雙手仍揉壓著白桑的太陽穴。

「好吧。」白桑說，「那先幫我做899的。」

「OK，沒問題。」那張年輕臉龐，終於綻開一絲好看的笑意，「真的是為您好啦，白大哥。我們做這個成本好高，沒什麼利潤的。」

「療程結束以後，我會再讓您看一次頭皮的狀況哦。」賈斯汀刻意壓低聲音，附著白桑的耳朵說道，「偷偷跟您說，外面的店家不會讓您看做完的成果。但是我們敢。我掛保證，因為真的有效。」

賈斯汀在白桑頭頂倒落茶樹氣味的護理精油，以及不知名花香氣味的藥膏。而後添入清水，開始搓揉，起泡。賈斯汀請實習生將那台「刑具」移過來，並插上電。賈斯汀說，「先讓它蒸一下哦。我去幫後面的小姐。」

在鏡中，白桑看見久違的自己，還有反射的時鐘。

八點三十六分，他想著，時間還不算晚。

*

理髮店位在溫州街上，是一家島上有三百間的連鎖品牌。

店址距離白桑的五樓公寓並不多遠，且在他平日散步必經的路上，過個地下道就能到了。不過，白桑早已習慣，只要頭髮一長，就去捷運站附設的百元理髮；在自動付款機中塞入一百元鈔票，獲取一張號碼牌，等待叫號。理髮如買速食店，來去自在，不拖泥帶水。

五個月前，白桑才第一次走進這家店。因為那日，當他如常走下捷運站，才發現那百元理髮工作室門前，掛出外出的吊牌。他本想著，等明天再來，沒有什麼問題。他離開了捷運站，到大路轉角那家二十四小時超市，買了衛生紙，還有一串香蕉，一罐牛奶。提著那袋物事，白桑走在靜謐的街上，竟感受到一股巨大的沉默，籠罩上來。

他清楚意識到，一陣打從心底浮升的「不太對勁」。他必須立刻找個人，找個人說說話——在妻子走後，白桑常會出現一種，「日常生活無比艱辛」的感覺。就算只是出一趟門，覓食，倒垃圾，他都覺得那是為了存在這世上，必須費力完成的工作。

他告訴自己，那是他的今日任務。

白桑在眾多的髮廊競爭者中，選中了這家。原因只在於，這家店的招牌上，標榜著「日系快剪」。真正令他會心的，或許並不只是「日系」，而是「快剪」。「快剪」的另一個意涵，大概就是「不細工」吧？他想起日文中，那個惡劣至極的、用以形容他人醜貌的單字。

ブサイク。

白桑竟覺得親切極了。他在許多年前初識這一單字時，即已深深記著。那像是為他量身打造的形容詞。粗略的，不被期待的失敗品。像是某種被棄守的命運。

第一次走進這家店，並沒有任何客人。那時還是夏天，蟬噪唧唧。走上前招呼他的，是一個看起來只有二十出頭的，一頭鬈髮，單眼皮的小夥子。他客氣地招呼白桑，要他先在店門邊的沙發上等待。小夥子問他，有沒有指定的設計師？白桑回答，沒有。不指定。對方問，有沒有什麼特殊要求。他仍語調平緩的答：愈快愈好。小夥子應了聲好，走進櫃台，「請稍候。」

他瞥見小夥子胸口的名牌，上頭寫著「Justin」。賈斯汀，他在心底默念幾次，便記住了。賈斯汀拿出一張表單，請他填寫姓名和電話，並勾選今日要做的服務。

他勾了「洗＋剪＋不指定399」的選項。

那已是表單裡頭，最便宜的一項。

「好的，請跟我來。」

白桑起身，聞到賈斯汀身上，有一股淡淡的樹葉香氣。

入座後，賈斯汀為他罩上圍布，問他：白先生，今天想要怎麼剪。

白桑訝異極了，甚至感到坐立難安。他本以為這一小夥子，只是負責招呼客人的實習生，沒想到已是正式的設計師了。在白桑的記憶裡，他自二十三歲當兵以來，就再沒給男人弄過頭髮（是某個軍官幫他理的——那甚至不算理髮，只是隨隨便便的「全部嚕平」）。例如捷運站下方的百元理髮店，從老闆到店員，都是上了年紀的大姊（老闆有次和他聊天，說別看她現在胖成這樣，早年可是馳騁酒店的名花）。而每個店員都女武神那樣大開大闔，手藝老辣。

又或者，他在校園兼課的漫長生涯中，總也習慣課後到校內附設的理髮店理頭。他愛那店外仍保有古老的三色轉花燈筒，店裡則滿滿刺鼻的髮油氣味。他愛女客左轉，男客右轉的指標，愛那一幅配圖香蕉芒果影像的日曆掛在入口正中央。他愛那看起來簡直用以洗拖把的巨大洗手台。老闆娘會遞給客人溫熱的毛巾，讓他們包覆濕淋淋的頭髮。

從教職退下來以後，白桑連走進校門都要猶豫許久了；更何況，只是為了理髮，就要特地去找那一家店呢？

他有時會靈光一閃的，記起校園裡的那家老式理髮店的氣味，但也並不真的懷念。

*

一走進這家店，就讓白桑充滿了古怪的既視感，但他想不起在哪裡看過。

這店雖然標榜日系，卻無一點「無印良品」式的簡潔明快，反倒充溢著濃艷的「臺味」。包括金色、黑色和粉色交錯的，俗氣橫流的壁紙。包括櫃檯上擺放著的萬年青，黃金鯉魚糖果盒，還有店門口那只流動水箱裡的，無盡供電自轉的巨大金幣。

當然還有錯置著充滿台味，苦情的芭樂歌。

「試一下水溫哦。」賈斯汀柔聲的說，並讓蓮蓬頭的熱水，斷斷續續沖刷著白桑的頭頂，「這樣可以嗎？」

「可以。」

「會不會太熱？」

「……嗯，不會。謝謝。」

白桑閉上眼睛，感受賈斯汀的手指融解在水流之中，捏陶那樣的，按壓著他的頭部四周。賈斯汀的手指彷彿海浪，很慢，很沉，卻充滿隱然的勁道。那和他平時的行禮如儀有所不同，而顯露出更為原始的、雄性的力量。白桑能感覺，賈斯汀果真成為正式設計師並未多久，對於洗頭這類「吾少也賤，故多能鄙事」之事，還未荒廢。在那一輪一輪穴道的按壓裡，白桑感覺自己的頭顱彷彿成為樂器，而忽焉進入妻子生病後期，他在病房裡感受到的寧靜。

那寧靜並非死寂的沉默，也並非絕望。而是對於此世，更簡單、更無謂的理解。

在這樣的時刻，他竟想起了性。

純潔的，乾乾淨淨的性。

當他查覺到一絲古怪時，他已聽見店裡的音響，播放起美空雲雀版本的〈蘋果花〉。和這家店的「台式」作風，竟意外地搭調。雄渾的唱腔，丹田之力，催動著妖異的演歌——，那讓白桑心底，產生一股沉悶的騷動。

他記起了那個本名裡，有個「靜」字的師傅。

當他在網上瀏覽那些精壯的男子照片時，村上龍只排在白桑名單中的第三位。不過，當他在wechat上向客服人員詢問時，對方回覆，前兩位的時段都已客滿（他意外自己挑選男人的目光，竟是如此「主流」）。白桑只好再提「村上龍」的名字。客服說，村上龍可以。晚上八點，好嗎？

以為白桑還在猶豫（其實只是他打字很慢），客服人員介紹，這位師傅是台日混血。小時候在日本待過，十一歲就回台灣了，「中文完全是可以的。」他又補充說：「雖然村上龍不是小鮮肉（已經三十一歲了），但他的『牌尺』很可觀。」

那是妻子生病的後期，虛弱昏迷，漫長待死的時光。

走進香氣氤氳工作室，白桑坐在沙發上等待。

房間裡昏暗極了，唯一的光源，是放置在地上的那一盞圓球狀的小燈。沒多久，只著白色內褲的，那個名叫村上龍的男子，走了進來，隨即要白桑將身上的衣物全部褪去。光影錯落在兩個男子的身體上。男子按下計時器，說，「現在算起，一百二十分鐘。這段時間裡，請你把我當成你的男友。」男子牽起白桑的手，走進浴室。

「這個溫度還可以嗎？」村上龍舉起蓮蓬頭，讓水流從肩膀，行經白桑鬆垮的胸口。「會不會冷？」

他的身上有淡淡的菸草味道。

他抱著他。

體推結束，村上龍又為全身塗滿精油的白桑洗了一次澡。他們沒有把「機能保養」完成。即使男子不斷地在白桑耳邊吹氣，「射給我、給我⋯⋯」但白桑就是射不出來。而後，村上龍讓疲憊的白桑坐在沙發上。他拿出浴巾，為白桑擦拭身體。從身軀，到陰部，到腳趾，幾乎是過度縝密的清洗。白桑像要辯駁或者解釋什麼，低聲說道：我不是ＧＡＹ的。我結婚了。我有老婆⋯⋯。「村上龍」愣了一下，才笑著說，沒關係、沒關係。那不重要。他說，我們這種店存在的目的，有很大一部分，就是為了服務你們這樣的人。

白桑看著村上龍，村上龍留著小鬍子，微微下垂的眼角，總帶有一種似笑非笑的神情。

距離課程結束時間，還有二十分鐘。白桑說，我累了。村上龍說，我們是良心企業，不偷時間的。白桑說，不用了，我得走了。男子說，先別啊，老闆會唸我。我陪你聊聊天吧。

他穿上內褲，讓白桑坐在沙發上。而後，他蹲在地上，為白桑按摩腳底。他問白桑，你知道我以前做什麼的嗎？你一定猜不到。他並未等白桑回答，就自顧自說下去。村上龍說，父母離婚後，他隨著母親從日本回到台灣，不太適應臺灣學校的生活，高中沒讀完就輟學了。母親一直很努力賺錢，兼差好幾份工，也沒時間管他。後來，因為認識的朋友舅舅是船長，他去跑了船，是那種一年半載才回來的遠洋。

他說，因為本名有一個「靜」字，班上男同學總愛嘲笑他像女生，還會脫他褲子檢查有沒有雞雞。所以他從小到大，只有一個目標，就是讓自己成為「長得像男生的男生」。他把自己練壯，把聲音壓低。船主看到他的「漢草」，立即同意讓他上船。在船上，那種完全陽剛的環境裡，壯碩的體型才有優勢。「在那條船上，我幹了很多事，就是沒被人幹過。」

整天看海的日子太辛苦。

雖然有錢，但太無聊。沒有性，沒有希望。

「還是被幹比較好玩。」他下船後，嘗試了各種工作，都做不久。最後才在同志交友軟體上，認識了這家男體按摩店的老闆。老闆建議他可以用一個「龍」字，加上他父親的日本姓氏。他上網查過，有個日本小說家也叫這個名字。他覺得很有趣。他的「生意」還可以。日本名字有一點異國情調，容易引起客人好奇。

賈斯汀輕輕推著白桑的背，讓他更不費力起身。

賈斯汀為白桑吹頭髮。

白桑這次沒有從鏡子中看他。

他被賈斯汀手臂上的毫毛吸引了。那略長的手毛，像是沾了水珠那樣的，閃爍著微弱的亮光。隨著賈斯汀來回擺弄的手，規律的搖曳著。

那讓白桑興起一股本能的原始衝動。

那不足以令他勃起，卻讓他溼了眼眶。

「白大哥，還有哪裡需要加強的嗎？」

「都很好，」白桑說。「謝謝你。」

＊

離開髮廊時，賈斯汀少見的，沒有陪白桑下樓。

「白大哥，不好意思啊。時間有點晚了，我還要去接我女友，」他為白桑穿上大衣，撥整大衣肩線上的皺褶：「幫我問候一下夫人。記得叫夫人一起來做頭髮啊。」

「謝謝哦。」白桑說，「也幫我問候你女朋友。」

「路上小心。」賈斯汀說，拍了拍白桑的手臂，「保重。」

月光黯淡，細雨靜靜墜落。走進那夜裡的溫州街，白桑縮著肩膀，他說不上的喜愛這種濕冷的感覺。在那日常回家的路途上，他想起了妻。想起他和妻去日本的氣溫，濕度，差不多就是這樣的感覺。那是在妻子生病以前，他們每年都會在晚春時節，同赴京都。那已成為一種長年的習慣。

與其說，他們喜歡京都；不如說，他們都想要離開臺北

不過，說是同行也不準確，因為他們總是分開旅行。妻子喜歡賞花爬山，他則愛走逛博物館和廟宇。他們初始幾年，的確是走在一起的。一起賞花爬山。一起看廟宇，看博物館。只是忘了從哪一年開始，妻子才向白桑提議，不如分開旅行，「我們年紀也不小了，時間很寶貴，不如看各自喜歡看的東西。」

白桑同意了。

那時還暗忖著過去，為什過去麼都沒有想到呢？

妳的日文可以嗎？白桑問妻子。

妻子說，我會英文，放心啦。

如果想要殺價，還是有看不懂的字，妳再叫店員傳訊息給我。白桑說。

妻子看著白桑，很久很久。忽然就哭了起來。

*

走回家的路上，白桑仍在思考，賈斯汀和自己，究竟是什麼關係；還有，他為什麼要特地告知，「有女友了」這件事？

他察覺了什麼？

白桑走進地下道時，感覺有些不尋常。轉角處，平時總會臥著一個身障的老乞丐。或許今夜太過陰冷，連他都沒有「上班」。倒是有三個高中生模樣的男孩，正在安靜地收拾樂器，準備離開。

他們見白桑從樓梯下來，只是疲憊的對望一眼，並未停下手中的活。

他們面前仍擺放著紙箱撕成的看板，上頭以粗黑油性筆寫著某某高職「畢業成發」，懇求支持。白桑瞥了一眼那半掩的吉他盒子，裡頭寥寥幾張百元鈔票和幾枚硬幣，大概就是這一日的募資了。

白桑在那三個高中生中，發現了在理髮店裡實習的矮小男孩。他換掉了制服，穿著領口有些泛黃鬆脫的T恤。他看了白桑一眼，似乎沒有認出他來。

白桑蹲下來，在那吉他盒子裡投了三千元後，便在他們面前站著。不發一語，就只是站著。

當然，白桑為了盡可能表現友善，微笑著。男孩們看著白桑的眼神，似乎有些訝異，畢竟是在這樣的深夜，地下道裡出現的古怪男人……

「你要點歌？」一個皮膚黝黑，染了一頭草綠髮色的男孩問白桑。他聞到一股廉價香水和汗水夾雜的氣味。

白桑搖了搖頭，「唱你們平常練習的就好。」

他們低聲商討著，很快就做了決定。

其中一個，把身後黑色的大袋子重新打開，抱起吉他；而那個矮小的實習生，則重新組裝譜架，並在一連鎖超市的購物袋中翻找起曲譜來。而那染綠髮的，顯然就是主唱吧，好整以暇的滑動手機，等待兩名夥伴的安排妥當。

綠髮將手機交給那矮小的男孩——白桑這才知曉，原來那矮小男孩的工作，只是一架克難的提詞機。

過了一會，綠髮看了白桑一眼，清了清嗓。

表演就要開始了。

寂寞的遊戲

店員小妹恆坐十一號位。那是距離櫃台最近的位置。那位置有兩個優點，一，只要站起來，就可以鳥瞰全店。二，因為是邊角，是個相對寬敞的座位。小妹很胖，胖得不大健康。滿臉痘子，痘子上面還有痘子。那讓她更像是一坨軟爛的肉，或者肉燥，或者肉燥麵。

我則固定坐十七號，一根大條柱旁邊。

柱上壁紙斑駁，黏有石塊般萬年不化的口香糖。等待遊戲開始前，我總會用眼角，越過螢幕瞥看店員小妹。我很久沒剪頭髮了，瀏海很長，長到足以遮蓋視線。她從沒注意過我，當然不會知道，我喜歡她伸展手臂時，毫無顧忌坦露腋下，炸出大量腋毛的樣子。我喜歡那種輕鬆感，喜歡她在這樣一座現代都市，仍無畏地保持敞開。

她的主要工作是收費，為客人泡飲料（人們多半會點低消三十五元的梅子綠茶），煮鍋燒麵，炸雞塊，等等。當然，她偶爾也會起身掃地、拖地，但那真的非常非常少見，大概只有店裡只剩下自己和老闆時（一位看起來五六十歲的中年男子），她必須藉此刷刷存在感。否則，她通常會指使另一個看起來可以做她祖父的、滿頭白髮的男店員去執行粗重的活（她總是會叫他：「老爹啊」，但不是尊敬的那種）。

沒有客人的時候，例如半夜兩三點，她則會打開不知來處的影音平台，無止無盡的收看鄉土劇。

追鄉土劇也就算了，很奇怪的是，店員小妹從不追新劇，只看舊劇。例如《台灣霹靂火》、《台灣龍捲風》，更早一點還有《親家別計較》、《烏來伯與十三姨》……，那種動不動就成百上千集的、無底沼澤般的長壽劇。有時我會想，小妹的時間必是倒著走的，曆法是錯亂的；所以劇才會愈追愈早，愈看畫質愈差。若從學術的角度來看，她做的其實是類似人類學的工作。她總能從那些過時的劇情，獲取情感上的奇異認同。

她總是不戴耳機，不稍減一絲驚叫或爆笑，和全場客人分享觀劇的狂喜。但從未見她哭過。她偶爾會趴下來休息，休息時間不太固定，但總不會超過五分鐘。我有時幾乎懷疑，她是否為一具永動的看劇機器人，可以如此有恆心的，固守在一落過時的造型與劇情之前。

以至於，有那麼一天，我聽聞熟悉的《飛龍在天》曲調（敲鑼打鼓的廟會前奏），竟有種「被點名了」的古怪興奮感——

古怪的時差。那是祖母生前，最愛在庭埕藤椅上一邊泡茶一邊熱血沸騰的老劇，「人在江湖，身不由己，人生在世只有兩字。一字情，一字義……」看，我還記得怎麼唱呢。每到暗暝八點，厝裡的老鐘就會噹噹響起，提醒著忠義堂、總兵府、霸台會的鬥爭即將展開。祖母會趁主題曲開播時刻去上廁所，而那時約莫十歲的我吧，則會讓耳朵貼著發燙的電視機，將歌詞在日曆紙上一字一句聽寫下來。

偶爾店員小妹會從鄉土世界起身（瞧！我多在意她啊），鬼差那樣駝背，垂手，惡狠狠巡視店內一圈，又坐回到她的座位。而每過午夜十二點的辛蒂瑞拉時間，她總會例行公事那樣，一桌一桌詢問，驚動那些入迷於虛擬世界之人，要求出示證件：「你十八歲沒有？」「你滿十八了沒有？」但行經我這一桌時，她竟只是遙遙瞥了我一眼，便「嘖」一聲，兀自飄走——奇怪，我已距離十八那麼遙遠了嗎？我也才二十七哪。我逃難那樣躲進堆滿老敗菸蒂古怪約炮電話字跡的廁所，對著鏡子拍打自己的鬍渣滿面。

小妹的另一個每日任務，則是中午十二點以前要負責把關，攔阻那些國高中屁孩學生蹺課闖入。我曾不只一次，目睹身著制服的學生，在門邊受到攔阻。他們哀嚎兼跺腳，敲打著櫃檯爭辯：「我不是蹺課耶，我是休學！」或者理直氣壯：「我是資工科的，要來網咖做作業。不信你打電話到我學校去問啊！」

「不行就是不行。」小妹抱胸一站，威武極了。女武神一般。「高中生給我乖乖上課。」

屁孩們很識相地放棄掙扎，三三兩兩坐在那自動門前，吃起便利商店買的飯糰香蕉。

冷氣不斷飛出去，他們還在等待放行。

*

說到底，「網咖」就是一道門。這樣的一道門。它不只是往來進出的甬道，還要你示弱與輸誠。它對來訪者要求很低：符合年紀，少少金錢。走過來，門自動打開。但只要進來了，就必須接受此地的規則。穿過「門」，由門捏塑你的形狀。王子與庶民，都只能分配到一張桌子與一台電腦。除此之外，你擁有的，只有與眾人共享的髒臭廁所，以及你自己。

世人們總認為，整天泡在網咖的，多是些無業的魯蛇。或者像我，無所事事的漫遊者，社會的贅瘤。但日子久了以後，我發現這裡收容著的，其實是光明世界中「多餘」出來的那一塊。陽光下必有陰影，偉大的城市必有下水道，雜草，廢屋……

那是更讓我在意的事。

正因為它的玩物喪志曠日廢時，對自身無用的承認，使網咖這樣的空間，成為吸引「敗者」的存在。在網咖裡，種種事件被迫中止。人們在此停滯，困頓，離魂。走進「門」，世俗的人生、人際的聯繫，便彷若被強硬中斷了——就像是遊戲，可以「打掉重練」、可以「讀檔再來」。走進門，乾乾淨淨孑然一身。那些時刻，總讓我這樣的人莫名上癮。拋棄尊嚴。價值。無視他人的目光。我發現，進入網咖竟也就像修禪。只是這裡沒有神佛，只有逐漸堆積油脂，被粗糙食材損壞，殘酷衰老的自己。

認清楚自己，那就是自己。

那是「門」告訴你的。當一無所有之時，你將如何捏塑自己的形狀。

網咖是這樣的一個地方。

它總是保持開放，又如一輛困陷泥濘的車，引擎軋軋空轉。那麼，在此尋歡作樂，甚至生活的人們，又是怎麼樣的存在呢？他們既不是人，也並非幽靈——更像是跨坐在陰陽交界、未能成功變成鬼的難以名狀之物：半吊子的生活，半吊子的耍廢。甚至，連半吊子也都只是半吊子……，那是什麼？我總想像：那流瀉螢光的店舖，確如一座夕落之國：人們安分的將自己放進座位（我是第十七號），如機器人那樣沉靜勞動著。即便如此仍難以說明，何以我會如此著迷，著迷在那樣的衰世氛圍，豁達的頹廢？

以至於當我第三次加值時，我腦海中浮現的，盡是報導裡那些忽然暴死之人。每當新聞網站推播這類訊息給我，我總是迫不及待點入，閱覽我未來的墓誌銘。然而令人傷感的是，那些死者的故事，總是如此相似，廉價小說套路般不斷複製。譬如：驚悚！新北市某某男子全身僵直，暴斃在電腦桌前，而周遭的顧客繼續吃泡麵、打怪練功。或者「染流感不就醫猝死，小媽媽沉迷網咖一個月」之類。甚或有時，我會記起那些推理漫畫的古怪情節，有一名女子在遊樂場用細小的毒針，對仇人下毒。兇手連續扎了他數十針（像是三流的劊子手屢擊不中），那沉迷機台遊戲的胖子才終於七孔流血毒發倒下。在那之前，胖子竟像是恐龍那樣遲鈍；而身旁的人當然亦未察覺，直到驗屍時才赫然發現脖子後方層層肥肉脂肪底下有無數個密集的針孔……

已經是凌晨三點。

我再次開啟了遊戲。

勝敗不是最重要的事。回到遊戲大廳，「再來一場」。

重複，再重複。

重複。

多年前看過一部電影，講述某國的科技開發商，試圖將遊戲中「無限重來」的特權，轉移到人類生存的現實世界。於是，人們只要按下Reset鈕，就可以讓一切重新來過——開發商宣稱，那才是真正的自由。然而故事最後，鏡頭拉遠，觀眾才終於知曉：這一切自由都來自於一組必要的條件：人們必須支付大筆金錢，並同意終生癱瘓在一架特殊的機器中。

重複使人幸福。重複使人自由。

*

然而，該說是虛度時光嗎？

直到半年前，我才第一次走進網咖。

遙想起在南方度過的少年時光，港鎮同學們總愛傳遞紙條，相約課後至網咖開檯。還記得那些戰場：國小是「港都」，國中是「駭客」，高中是「大都會」……。選擇理由無他，地點近，時數便宜而已（一小時十元或不到）。我亦玩網路遊戲，一些可能會被笑「娘」的可愛回合制遊戲（我好愛那「紙娃娃系統」），卻從未跟團。原因或許是，家裡採寬鬆管教，一日打十二小時，祖母頂多叨唸幾句。失去了逾矩的禁忌與樂趣，遂養成阿宅的本領。

三年前，較我年輕六歲的前任，忽然邀我回鍋我年少時候玩過的遊戲。

那遊戲人口大量流失，早已不再更新，只是把整個系統繼續擱置，像是古蹟那樣供我們這一輩老人憑弔。那慘烈的畫質、粗糙的音樂、還有種種讓人掩面羞赧的RPG幼稚任務和劇情，遙遠指認著我乾癟慘白的童少時光。

出乎我意料的，前任玩得比當年的我還要入迷，還要起勁。

她熱衷於探索那些石窟、山嶺和島嶼，結交一群年少的中小學生，她辛勤讓自己成為「本月上線排行榜」上的名字。她在二手書拍賣網站，以高價購得絕版攻略書。我翻過那書，版權頁上寫著出版於二〇〇〇年十二月。裡頭紀載的，則是多年前的遊戲地圖，道具，武器裝備。隨著多次的改動（當然，如今已然停更），攻略書早就失去了它的有效性和合法性。

那遊戲總讓我想起凝結在柱條上，消滅困難的口香糖。

她說：「我想要認識你的過去。」

有一次做愛後，我們躺在床上。她的腳擺在我的肚子上。我和她說起（像是回應她的殷切探詢，而我是歷經多場戰役的老兵：「那個年代哦……」），上網只能撥接。我家並不有錢，網路線和家裡的室內電話共用，有人打電話來，網路就會即刻斷線。無論是在打超級重要的BOSS團，甚或是結婚，說斷就斷，絕無姑息。

因此，每當遊戲中有重要活動，譬如經驗值加成，龍王團之類，我總是非常虔誠的，祈求神賜我一個無人理會的真空時態——我多麼希望那一刻，全世界將我當成死人，當成空氣，將我遺忘。或許是基於那樣困窘時光的培養，讓我從此覺得，做一個孤獨之人並不差，甚至是非常奢侈的。

前任饒富興味的看著我，斜倚著頭。她的眼睛總是濕潤，像是一頭受傷的小石虎。她並沒有經歷過「撥接」的時光（她對「撥接」的認識竟來自吳卓源的新歌），更無法理解光纖寬頻以外、那個逛色情網站圖片跑得很慢影片完全動彈不得的世界。

她看著我像是賞玩骨董，彷彿我真在講一則天寶年間的往事。

而我們之間只差六歲。

有一日官方無預警貼出告示，表明這個遊戲陪伴玩家走過十餘年的光陰。

現在完成任務，功成身退，將在一個月後讓伺服器的終止運作。

我並沒有什麼難過的感覺。遊戲公司畢竟不是慈善企業，系統老舊、不賺錢，收掉是完全合理的。當然，一開始會有些許不捨，像是某個老朋友永遠死去了；但活到這年紀，死掉幾個認識的人，不是很自然嗎？前任卻難過極了。她把遊戲進場音樂設定為手機鈴聲，甚至在臉書上創辦一個社團，號召要求遊戲公司讓伺服器「續命」。

前任製作了好幾支影片，還認真研究法條，長文指控公司貿然關掉遊戲，實屬不法之舉。

連署名單長達三千多人。

想當然爾，遊戲公司不為所動，同時策動法律顧問，還提供點數優惠，軟硬並施，要幫助老玩家「移民」到新的手遊世界。這老遊戲的玩家，多是閒散的中小學年紀開始玩的；十餘年過去，他們也多已是出社會、有工作的大人了。先前之所以反對停機，多是出於懷舊情懷，並沒有誰真的熱衷其中。尤其那遊戲的畫面、遊玩的內容，早已被當代技術遠遠拋擲腦後。

遊戲的世界是不允許懷舊的。

反抗的聲浪漸見平息，人們也就就慢慢接受了。

他們紛紛退出社團，說著：「我們都該往前走了」。他們說，不如好好接受死亡，好好告別。

前任為此憤憤不平許久。當她意識到「大勢已去」，便把社團解散了。在那件事上，我忘了我們是否還有多討論些什麼。只記得，她一口氣把先前買的攻略本，丟進紙類回收桶中。「你是不是從沒捍衛過什麼？你是不是沒有真正在意的東西？」

她說：「沒想到，你是那麼無情的人。」

*

第一次走進網咖那日，我結束了碩論的最後meeting。

指導教授（我都稱他為「老闆」）收走咖啡杯，平淡如水的對我說，恭喜你，你寫得很好，開始準備博班的考試吧。

正午，我如平日徒步校園，於教學館前餐車排隊。在一群年輕的大學生中，更輕易感覺自身的衰老。

我聽見他們在聊交友網站昨夜的macth結果。

硬幣投入鐵箱，攤販遞來盒食。

我接過那盒便當，感覺悵然若失。研究所最好的兩個朋友，都已在一年前畢業，其中一個考上教職，和男友搬到南部去了；另一個，算算也該當完兵了。而我仍在這裡，或者說，我仍在這裡晃蕩。這多出來的一年，我是否不愧於過往耿耿於懷的什麼呢？

那日，我第一次走進網咖。

「會員嗎？」店員小妹滑著手遊，頭也不抬。

「我不是。」老實說，那個時刻，我非常想逃。

我總是想逃。

我說，「我想要辦會員，謝謝。」

碩士班五年級的我，讀著這個世界最老舊科系的我，已經二十七歲的我，究竟在這裡，做什麼呢？我深深明白，一旦踏出這裡，將永遠不會再回來了——那會不會才是正確的決定呢？如果，那時候我如過往一樣，因為徘迴、猶豫而離開了這裡，會是怎麼樣呢？

「我不是。」我再說了一遍，「請問要怎麼劃位？」

「劃位？」店員小妹說，「哦，你是要說包檯嗎？」

「啊，是的。我要包檯。」我說，腦海中增加了一個新的詞彙，對這「異世界」的規則，彷彿又多掌握了一些。我盡量採取誠懇的語氣，但小妹畢竟不是圖書館館員，對禮節什麼的似乎並不領情。我終究被看成了一普世皆同的、在上班時間到網咖鬼混的廢物肥宅。

「喏。」店員小妹終於看了我一眼，「你看完再跟我說吧。」

她遞給我一張護貝起來的紙，那是店內的消費說明。

紙上寫著，除了每個小時十五到三十元不等的費用之外，若要開檯，還得先點一樣飲料或食物。包檯愈久價格愈划算，不過怎樣都不會比儲值一千元成為會員便宜，會員平均每小時只要十五元。無論是不是會員，都要有開檯費，即是「低消」。而其中最划算的開檯費，一定是低消點二十元的礦泉水。然而，店裡卻常常沒有礦泉水，店員小妹總會說：「不好意思，礦泉水賣完了。」問她什麼時候會有水？她說：「老闆已經叫老爹去搬了，我也不知道什麼時候回來。」

對了，待久了以後，才知道店內的礦泉水，永遠是竹炭水，「多喝水」出品。據我所知，據此不遠處的藥妝店就有在賣，不知道搬水的「老爹」是掉進了哪個異次元世界？當然，我並無法確定，水是真的賣完了，還是假的賣完了。想到這裡，就覺得看似憨厚老實的小妹，其實沒有我想像中的那麼善良——哦不，不善良的或許是我。唯一肯定的是，難吃的餅乾和仙楂果永遠不會售罄，而它們都價值三十五元。

總之，我順著她的眼神示意，從架子上，取下一包二十五元的飛機餅。

「十七號。」店員小妹噴了一聲，終於宣佈了我的座號，並親自帶我過去。我感激極了，慶幸她果真看出我是個長相年老的新人。那是個廁所邊的位置，相對寬敞一些。她坐下來為我測試了耳機還有 mic（我竟還隱約記得她留下的體熱），然後告訴我，看劇要往哪裡去，打電動可以選擇哪些。

我坐下來，感覺非常侷促。

那是專屬於網咖的人體工學：脊椎。眼睛。味蕾。

網咖果然還是為了年輕人設計的呀

彼時，距離博士班的考試還剩下三個月，但筆試和研究計劃什麼的，全尚在未定之天。我的所作所為（或者無所作為），並不是為了所謂學術志業，而只是想要延宕「學生時代」，想要讓「終點線」拉長一點。

或者，我真如某些人指責的，在逃避著什麼吧。

我從前任送的、故宮出的郎世寧包包裡，取出清人皮錫瑞的《經學通論》和《經學歷史》背誦——那是博士班的選考科目。在那昏暗的高科技空間，我閱讀的是中國文化裡最古老亦最宏偉的訓導。我反覆唸誦，把經文抄寫在破舊的補習班廣告紙上。我向小妹索取紙張時，她還送給我一個白眼。

網咖是寫經房，亦弔詭而溫暖的，成為我失格的懸置之所。

*

考前一個月，終於勉力做完經學史筆記；即便腦子彷彿一片空白，卻仍得朝著「思想史」的山頭挺進。從孔子荀子莊子諸子，慧遠龍樹玄奘佛學，再到晚清譚嗣同龔自珍康有為，全在考試範圍。皇皇數大冊，還好網咖外新配置了一排U-BIKE2.0，往返學校圖書館只要五塊錢（當然不能停留太久）。我在幾個夜裡分批帶書，為求不引人注目，換上黑衣黑褲，真如運送洞窟經文的斯坦因與伯希和。

書終於全帶回網咖，但書本精裝太厚、座位擁擠，只好硬著頭皮，向小妹求助。小妹正在看一部黑白畫面的台語電影。她拿起耳機，如常不耐的回覆我：「嘖。你就先把東西放在旁邊啦。」

不過，更多時候我只是不知死活玩著遊戲，看畫質很差的電影，或者無腦的綜藝節目。我總是把螢幕右方勾選的「建議清單」與「你可能感興趣」，通通看過一輪，再回頭複習一遍。進度條在走，時光的流逝變得毫無意義。店員小妹一次次的巡店，回座，叫喚「老爹」、「老爹」，從她時而溫馨，時而勾心鬥角的鄉土世界發出豪邁笑聲。

有一日清晨，我正被王陽明及其一落粽子般的後學「四無說」搞得心煩意亂，打開劇集任意瀏覽。正好聽見那個老店員和小妹抱怨，坐最裡面的客人又打手槍了，整個小包廂都是洨味。

「幹，他看A片都不戴耳機的，吵死了。」小妹說：「我之前收他的盤子，摸到一坨黏黏的，噁心死了。」

老店員將清潔液倒在拖把上。清晨的網咖，轉瞬充溢消毒水的氣味——這家店大概一個禮拜會這樣大清掃一次。Google上對這家店的評分甚高，有人評論正是出於這點。老店員低聲的說，「妳該把他趕出去。把那個包廂空出來，讓給別人用……」

老爹似乎回身，向我這裡望了一眼。

我戴著耳機，裝作很沉醉的樣子。

「我是很想啦。」小妹說，「但沒辦法。」

「為什麼？」

「我哪知道？他說這裡是他家。」

「他家？」老店員拿掃把將角落的蜘蛛網挑出，「什麼東西啊。還是要跟他講一下吧。」

「不然你去講啦。」小妹說，起身，伸了一個大懶腰，「我講他會不會『牙起來』，強暴我。」

「想太多。」老店員說，呵呵一笑，「你看太多沒營養的。」

「欸，對了。老爹，你拖完可以順便幫我買麥當勞嗎？」

「不要。」

「我要顧店，拜託拜託啦。」

「好啦，錢記得給就好。」

「會啦，我哪次沒給？」

那時，我正點開某個幾年前已結束的綜藝節目。

女主持人上演一齣花系列般的浮誇戲碼。一名當過時裝model、英挺帥氣的男藝人J，從門後登場，她即刻飛撲到他的懷中。她軟若無骨的斜倚在J手臂上，注視著他瘦削的臉龐。她半開玩笑的問：「欸，我可不可以掐你的乳頭啊？」

場面為之一僵，男藝人似乎有些愣住了。

而後，隨即意會過來那樣，羞怯並保持男子氣概地說：「好啊。」

鏡頭拉近，聚焦主持人的雙手，搽著鮮紅指甲油的手指。只見她拆開男藝人的襯衫上排釦子，將手從領口，緩緩滑了進去。女主持人（是個已婚的有二個小男孩的婦人了）開始揉捏起來。從體態看來，她似乎極力抑制情慾，但臉部表情卻又做出享受的樣子，那使畫面更加詭異而色情。彷彿那對被隱蔽的乳頭（在女主持人荳蔻般的手指縫間來回滑動），真是世上最美麗且淫靡的藝品。

在眾人遲疑的哄笑聲中，女主持人「唉呀」一聲，觸電般抽出了她的手。「怎麼樣，好摸嗎？」一旁的搭檔笑著接話，讓正在演出震驚不已的女主持人喘口氣。女主持人踱著腳，爆出一句粗口（被消音）——

罐頭笑聲響起。

進廣告。

我暫停影片，隨手將畫面滑到下方的留言區。

除了「二〇一七還在看的舉手」、「二〇一八還在看的舉手」之外，還有許多「天有不測風雲」、「R.I.P」之類的留言。心想奇怪，上網搜尋了一下，才發現影片中的男藝人J，在去年因突發的腦部疾病過世了。底下網友紛紛前來哀悼，「還好有這個節目，為我們保存J最好看的時刻」、「真的很難過」、「他是很敬業的男藝人，即使被『吃豆腐』還是保持風采」……

廣告結束。

重回攝影棚。

一樣震驚的女主持，不知道為什麼，突然換上了灰階的色彩。男搭檔仍然發問：「怎麼樣，好摸嗎？」女主持仍然踱腳，仍然罵了那句被消音的髒話，氣氛卻彷明顯低靡起來。

不，更準確的說：並不是影片裡的氣氛，而是我周遭的、「此時此地」的氛圍。我察覺到一種奇怪的喪禮般的靜默。

她說：「天啊，也太堅挺！」

她讓J的襯衫繼續敞開，隨後拉著他的手，在攝影棚內瘋狂轉圈、奔跑。

特效在她頭頂灑了五彩繽紛的碎花。眾人跟著笑得前仰後合，還有一位效果浮誇的通告藝人，笑到從椅子上摔落。

那一刻，他們必然不會意識到，這一風行多年的節目，會在不久將來結束；而擁有美麗奶頭的男藝人，也將在數年之後死去。

只有後見之明的，身為那百萬瀏覽量的觀者一員，會在那荒謬詭譎的時間之外，無語而恍然的見證幻滅。

*

前任打電話給我時，我正跨過一條大白狗，走往鍋貼店的路上。

鍋貼是我寄居網咖以來，最常吃的食物之一。

店家一早沒開，除此之外，我的午餐和晚餐，通通在這兒解決。並不是我多愛吃鍋貼，而是它距離網咖最近。如此而已。當然還有。我已發誓，不再吃網咖裡的垃圾食物，但也不想浪費時間，去思考要吃些什麼。吃飯已夠花時間了，想要吃什麼更是。

不過話說回來，雖然叫鍋貼店，但可以點的東西其實也頗有變化。鍋貼。水餃。玉米濃湯。黑豆漿。白豆漿。滷豬耳。皮蛋豆腐。如果覺得蔬菜太少，不夠均衡，還可以點高麗菜和秋葵。我喜歡這樣。

日復一日的鍋貼。

重複讓人安心，重複使人幸福。

在等待食物起鍋前，客人會領到一枝紅色呼叫器。比起站在街口吹風，我更慣於在呼叫器響起前，帶著它潛進一旁的地下室書店。

我注意到地下室入口前，掛出公告，說明由於網路書店的衝擊，業績每況愈下，「真的撐不住了」，下周日將會完全結束營業，到時會全館出清。那讓我有些詫異，今年是什麼凶年嗎，為何無論現實或虛擬世界紛紛興起倒閉潮？系上的教授曾提起過，這家地下室書店出現在一九七〇末戒嚴時期。而且，它曾經開在「地表上」，專賣一些當局查禁的大陸書或盜版書。每週四的下午是固定的開箱日，門口會聚集人群，準備搶書。那個盛況非常嚇人，有些教授還為了搶那可能只有寥寥限量的書，大打出手。後來，這家店移往地下室，似乎是近幾年的事。

手機忽然響起。

有些意外，前任用臉書的messenger打給我。她的大頭照，已換上了穿白紗的沙龍照；我之前有特別點去她那裡看，非常漂亮，幾乎是另一個人了。當然，她並不知道。

「嗨。」

「嗯，嗨。怎麼了，突然打給我？」

「你在幹嘛？」

「沒有在幹嘛。」

「什麼沒有在幹嘛？」

「就真的沒有在幹嘛。等吃飯。」

「你每次都這樣。」

「每次？有每次嗎？」我笑了。

「算了算了。還在網咖嗎？」她說，「我朋友說，在溫州街那間網咖看到你。」

「啊，對啊，我還在網咖……」我有些意外，便趕緊追問，「不過，你那個朋友是誰？」

「這不重要。」

「我不是要找他麻煩什麼的……」我澄清道，「只是純粹好奇。搞不好可以當朋友。」

「我只是想跟你說，阿白，不要再這樣耍廢下去，好嗎？」

「好哦，謝謝。我也沒有一直在耍廢吧，我還在準備博士班考試。過兩個月就要考了。」

「我知道。」

「你又知道？」

「我就是知道。」她說，「反正，我知道你在網咖，讀一堆很厚重的古籍什麼的。你真的以前就這樣。什麼都沒變，你已經不年輕了耶……」

呼叫器這時響了。

我舉起呼叫器，然後比了比手機，示意店員。

「好啦，謝謝關心。你真的愈來愈像我媽欸。」我說，「我要吃飯了，下次再聊吧。」

「我明天，要結婚了。」

「是哦。」

「跟你說一下而已。」她說，「我預產期在七月。」

「恭喜妳。」我說。「巨蟹座？」

「應該是。」

「那跟我一樣啊。」我說，「很優秀。」

「滿倒楣的。」她苦笑。

「我可以當他的乾爹。」

「再說吧……，對了，我聽說你阿嬤的事了。」

「啊，沒事啦。年紀那麼大了，正常的事。」

「嗯……」她似乎在沉吟著什麼。

「妳老公是個幸運的傢伙。」

「對了，你還記得我們之前一起玩的遊戲嗎？就你小時候玩的那個。」
「怎麼了嗎？我前陣子還想起來。」
「不知道欸，它又重新開服了。不過換了一個新名字，系統也改滿多的，但換湯不換藥。很多老玩家回鍋。我老公要我早一點跟公司請產假，在家休息。到時候我也會回去玩。」
「謝謝妳跟我說。」
「那時候玩得好瘋狂。」她說，「對了……」
「我真的要吃飯了。以後再聊。」我沒有說謊。呼叫器不斷催促著我。
「你真的是……」她說，「好啦，不說了。」
「再見。」
「嗯。」
歸還呼叫器時，大叔級的男店員說，趕快拿走，不然他要吃掉了。「不好意思，我可以再加點皮蛋豆腐嗎？」
「當然不行。」大叔說，「開玩笑的。」

＊

那是一個普通的早晨，天色初初亮起的時分。

這段時間通常是網咖人最少的時刻，店裡除了打瞌睡的店員，往往只剩下三、四個顧客。直到離開，我仍不知道這家網咖為什麼堅持二十四小時營業。

門口有小小的旋風，落葉貼地飛舞。遠處若有雷聲。

螢幕持續播放著綜藝節目，我仍在古籍和筆記堆中埋頭奮戰。

「你在看什麼？」店員小妹走到我身旁，拍拍我的肩，我著實嚇了一大跳。

我已經極久，沒跟鍋貼店員以外的人類說話了。為了避免麻煩，每月初我都選擇儲值全店最高額方案，一次就有近一個月的時數。上次和店員小妹講話，是為了寄放書，而那也已是一、二個禮拜以前的事。

我幾乎要忘了自己的聲音。

「沒有啦，考試要考的東西。」

她仍是一副臭臉，但或許是剛睡醒洗過臉，特別有朝氣的樣子。

「怎麼了嗎？」我以為我在無意間逾越了什麼，語氣大概過於惶恐。

「考公務員嗎？」

「沒有耶，考博士班。」

「念那麼高哦？有興趣哦。」

「沒興趣啊。」我和他抬槓，「有興趣反而會念不好。」

「你什麼科系的？」

「念中文，呃，就是中國文學，」我有點猶豫，但還是如實說了。我想起在學校理髮店剪頭髮時，那些幹練的阿姨總會找機會閒聊，套八卦。而她們最愛的話題，就是問科系，然後加以評論一番（什麼她們的鄰居小孩如何如何）。為了避免尷尬，也疏懶於解釋，我常常撒謊偽裝，騙她們我念的是經濟系或財管系之類。為了演得像，我還查過上述幾個科系在幹什麼，敬業極了。

但若連在網咖我都要撒謊，我會無法原諒自己。

我沒忘記這裡的規矩。

「很廢吧？」我問。

「不會啦，呵呵。」小妹隨手收拾我後方機台前擺著的飲料瓶罐，「有什麼東西不廢嗎？」

「鄉土劇啊。」我以為很好笑，但小妹沒笑。

「鄉土劇也滿廢的好不好？」小妹哼哼一聲，「廢也沒有不好。」

「廢也沒有不好嗎？」

「你知道前陣子，溫州公園附近，有個女人上吊嗎？」

「啊？我不清楚耶。我很少離開這附近。」

「她是老爹的鄰居。老爹住在她樓下。老爹說，她趁兒子去當兵時自殺了。」

我不清楚小妹想要說什麼。

「我只是覺得你如果有什麼心事，可以講出來。不用告訴我，但你一定要講出來。」

我在心裡暗笑，她大概覺得我看起來一臉厭世，隨時想要輕生的樣子吧。

「好的，謝謝妳。」

她瞄了我一眼，便把垃圾掃進垃圾袋裡，拖走了。

她又回頭看了我一眼，「不要想太多啊。你是我們的ＶＩＰ會員，不能隨便死掉。」

我起身，走進一旁的廁所，不知是誰的屎落在馬桶外面。

老爹還沒來上班。

我在滿是鏽斑的鏡中看見自己。我的臉，鬍鬚，眉毛，鼻子，眼角細小的紋路……，我看見自己的眼睛。眼睛裡的鏡子。眼睛裡的我。那是許多年前孤獨的港鎮庭埕，爸媽不在家。祖母坐在輪椅上看著電視。她在吃花生。我則拿起前幾日撿來的漂流木，在鹹苦的海風中孤獨揮舞如刀劍比劃。

回到座位時，小妹已重新開始她的鄉土世界。

*

已不去溫州街的網咖多時，只因它收容了我最渾沌的時光。

它已如一抹細細的血痕，刻在我的心底。有些靜寂的夜裡，我在電腦前兵荒馬亂的翻書，寫論文，仍會忽然記起，那明亮與腐敗並存的空間，以及那黏著在柱條上萬年不化的口香糖。

有時騎 U-BIKE 經過溫州街，我仍會在這停靠一會。在那條貼滿遊戲宣傳和浮誇女體海報的狹窄甬道間，踱步，張望。遠遠的，我能聽見戰事重新啟動的聲音，也彷彿聽見了敲鑼打鼓的鄉土主題曲。自動門開開闔闔，冷氣奔出來，試圖在我臉上捏塑，告訴我，我是個怎麼樣的人。

而我尚記得，離開網咖彼日，正是博士班的放榜日。是的，即便是放榜日，我也是在網咖，跟一群無所事事的大叔屁孩們度過。真的是邊緣可悲到底了。學校系統推遲到下午兩點才正式公布榜單，以至於我午餐仍吃了鍋貼。

我發現自己掛在榜單的車尾。

關掉視窗。登出電腦。

我發了一條訊息給老闆。用了很多與我無關的驚嘆號。他回說，他也刷了一整個早上的網頁，很開心，「還好你上了。」我說：「還好我上了，託老師的福！」然後發了一張雀躍的兔子貼圖。

我揹起郎世寧的包包時，回頭看著那專屬於我的座位，仍茫然著為什麼自己會站在這裡。而我的同伴們，仍辛勤地在他們的數位世界中勞動著。店員小妹不在。我留了一張紙條，請老爹店員代我轉交。我也跟他說了，謝謝。

我離開時，午後的溫州街，正下著輕薄的，冷冷的雨。

彷若那才是一座虛構的世界。

我走出自動門，回過頭，隱約見到店裡一個背對著我的顧客，正一面吃泡麵，一面瀏覽新聞。

是那個年輕自死作家的照片。

哦，對了，我不願再走進鍋貼店。我甚至會刻意繞路，只是為了躲開那熟悉的味道。

我發誓，此生不再吃進一顆鍋貼。

我發誓。

文學概論

那時，我們都還年輕，我們仍擁有文學。

我們仍關心喜愛的詩人近況，勝過團購養生食品、醫療保險和韓劇；偶爾在群組八卦幾句，誰和誰在一起，誰誰誰胖了，誰誰誰寫得好極了（當然，更多時候，我們討論的是誰寫差了、墮落了）。我們還能在那位處溫州街、暗無天日的「文學社」社辦，為自己的喜好辯護；還能和陌生網友往復千則留言，並在一夜之間全部刪除。那時，我們都還年輕。我們的體魄依然強健。我們還能在連鎖便利商店買麵包牛奶草率午餐，省下來的金錢全換成詩集。我們還能在這條街上，來回走動，摸索與試探。彷彿它真是一座無限遼闊的森林。我們還可以，在不斷變換店址的甜湯店短坐片刻，聽老闆聊一百次辜負過她的男人。

那時，我們還年輕。我們還能瘋狂的，追逐詩藝，追逐那些墓木已拱的詩人。年輕時候的閱讀，不只是紙上功夫，更是考掘學。地理學。我們舉辦幾次社遊，只是為了尋訪詩人的過往足跡。在詩人們已成衰敗廢墟的故居，墓園，升起小小的燭火。圍起來，朗詩取暖。陰惻的冷風吹來，我們捧住那一蕊星火，輪流擺放到自己的面前，像在照亮一隻又一隻的新鬼。我們談詩。談論宇宙談論文明。

悲回風，哀零落。那真像是招魂。

特別的盛大荒蕪。

如今憶想起來，過往種種，仍不勝唏噓。我和「文學社」友伴們混跡的時光啊，至今仍讓人訝異，我們竟曾揮霍那麼多的時間，去辯證一個意象，標點符號的運用，是否準確合宜。那時我們的腿肌依然強健。腳步輕快規律，像在踩踏一首情詩的韻腳。我們慣於將眼前的世俗，看作另一座世界。那完全是一種奢侈啊，時間被大把大把的浪費。

我們談論詩。

那時我們還年輕，還揮霍著自己的年輕。

那時我們還年輕，彷彿忘了自己終將離開年輕。

有人說，詩是屬於年輕的。那是只有年輕人才玩得起的消耗品。

我要反過來說：年輕必須是屬於詩的。

*

我們社團名為「文學社」，但只讀詩。

我們以為，詩才是文學最精密的內核。

穿越一切攪繞糾結的定義，我們發現只有「詩」，才最接近所謂「文學」。

必須澄清的是，我們並不如後來某些評論者所稱，看不起散文，小說，戲劇……，我們承認所有文類，都具備文學美好的一面。它們都可能，也可以是偉大的文學。但我們懷抱偏見，以為只有詩，詩才是那最最純粹的文學。像是粗糖與精糖，它們都含有甜份，也確是由糖組成，然其工法與密度，決定本質上的不同。

詩的質地絕非軟爛，而是堅硬。

那時，我們都還年輕。

我們已懂得時間短少，生命有限。

所以讀詩。沒命那樣的讀詩。

詩的體製輕薄，字裡行間卻有大屋宇，大堂奧。詩很小，卻是人類收攝親臨宇宙的觀星鏡——換言之，若說文學的功能在於，帶領人類「看見肉眼所看不見的」，則詩絕對是那最精密的義眼。

我們談論詩。

但是我們從來不寫。

不寫是偉大的情操。那是創社以來的明文規矩：我們不寫詩。只傳述，詮解，評論。那或許更像是一種大愛——在那個早已人人都能是文學作者的時代，我們不寫。我們的眼中，只有他者。他者的作品。至於其他文類，要寫，要評，則全不在限制範圍。那或許是一種偏見或陋習吧？對我們來說，其他所有文類，都只是詩歌創作以外的「剩餘」，玉器製成後的碎屑邊角料。

那當然都是文學。

但只是文學的邊陲。是遊戲，暇餘，附庸。

不過，我們之間，仍有些人在那些「餘」的領域，玩出了一些成績。譬如，那個被取消社籍的某任社長K（當然，他自稱「脫文者」，並以此招搖撞騙多年）。他將文學社內的大小事，全寫進了小說。憑靠那一本冗長的小說，就足以讓他成為那一代的小說大家。真難為他了。他辛勤動用大大小小的象徵，迂迴，影射，只為讓外行人一窺「文學社」的世界。

過去曾有些評論家，將他那本書，看成是國族或未來主義的隱喻，或者一代文學的見證。我看了直想笑。其實不是的。一點也不是的。只有身處其中之人，知曉那「東西」寫得再多，再美麗，疊床架屋，仍不存有任何微言大義。就算他在篇頭故弄玄虛，引述了《約伯記》「唯有我一人逃脫，來報信給你」……

我們對此懷抱同情。

很遺憾，他所見到的世界，他的眼界，就只能是那個樣子。我不免這樣想：他才是他自己地獄的化身。他忘了壯麗的理想嗎？入社時對天發誓的初衷？忘了那些為詩啟蒙的黃金時光嗎？

或者，他早已遺忘了，什麼是文學。

那本小說展示的，只有文學人的小心眼，還有連篇累牘的意淫與猥褻。K只是想要報復吧，甚至不惜作賤自己。他已完全離開了文學。當然——他也有他的苦衷，我們理解——畢竟戀人在他擔任社長時，即變心其他社員，那絕非其一己所願。以至於，他將此事遷怒於文學。在小說裡，他的情人成為人盡可夫的淫婦，他是那個自怨自艾的清醒者。而文學社的成員，則全成為促就女人背叛的共犯。

或許，讀者可以從小說裡頭，讀出一些青春男子的傷懷，失去戀情的苦痛。其他的東西，則是一概沒有的。那不如一部幾十塊就可以解鎖百萬字的網路小說。後者淺薄，低俗，至少痛快淋漓。

不過既然他稱「那些東西」是小說，我們只得尊重。

人類確有撰作的自由。

但對當時的我們而言，小說這樣的東西，是連一點史料的價值、一點可信度都沒有的。

仍得重申一遍：我們文學社的核心宗旨之一，便是「述而不作」。

是的，就是那句老話：「述而不作」。不知是哪一代哪一位前輩，將這四個字銘製成牌匾，高高懸掛在那老舊的，結滿蜘蛛網的社辦入口。它像是秦始王遺落的神鏡，可以照見人的五臟六腑。虛妄與心病。每當有新社員入社，無一例外要向那塊牌匾，行三跪九叩之禮。更早一點，還要象徵性地，在門下將自己持筆的慣用手拇指割開一刀，湧出鮮血（到我的時代，已改為「用紅筆在掌心劃上一點」），象徵將自身的「創作權」徹底出讓。

當然，有人要說，那顯示出所謂心理學的「自我閹割」焦慮，我也是管不著的。

但若要我說，對於創作的棄絕，反倒是自尊（乃至自傲）的展現。

「寫」當然是痛苦的，但人們從未停止書寫。

它勾引著的，是人類對於「不朽」的無限渴欲。或者說：貪婪。那才是人們深感痛苦，卻仍懷抱著「絕望的希望」，前仆後繼書寫的主因。

但是，那並不意味著，我們放棄了對於不朽的追求。

正好相反。

正因為「不寫」，那被壓抑的衝動，化成我們為文學——為詩——全然奉獻的燃料。甚至可以這麼說：我們弔詭地藉由「不寫」，完整保護了那個未知的、無人知曉的「可能性」。

說來有趣，或許基於前述種種規矩，我讀過好幾本文學史書，將我們這一文藝社團，看成是「地下幫會」那樣的存在。當然，那些資料有不少，來自「脫文者」繪聲繪影的描述（當然，對於那些書寫，我們一概視為小說），如我們那位天真的前任社長K一樣，為了引人注目，有不少幻想浮誇的成分。

不過嚴格說來，那也不能算錯。畢竟要成為「文學社」的社員，確實得通過重重關卡。

譬如，及至我這一代，最基礎的入社條件之一，便是必須通過「社史」的筆試。

社史名為《小星》。

那絕對是敝社，不，即便放諸全人類，都是最重要的歷史資產。

文學社設有專門的「社史稿撰作委員會」。該職務由幹部提名，社員票選，每任三年；為求客觀，是獨立於社長、與之平等地位的存在。我們願意賭上整個文學社的名譽去擔保，社史必然公正，照實傳載。直到文學社解散以前，社史正文已長達八百五十六頁，還有四百頁的表格附錄。若非那起令文學終結的「事件」，恐怕至今還會無限擴編下去。

社史與其說是創業史，毋寧更是一部心靈史。

它是詩。且是一部崇高遠大的史詩。

故事要從「文學社」的前身「X詩社」談起，再到五位草創的元老（他們全來自異地，因嚮往文化而來到本島，就讀大學）。橫渡神話年代，進入青銅時期，黃金時代。那時社內有了基本的成員，開始打團體戰。社員們紛紛背起書包，赴各級學校宣講，吸收更多成員。乃至後來與其他文學社團進行大規模筆戰，逐漸合流，在重要報刊上以詩論與專欄登場。最終取得文壇認可，「不寫詩的詩人們」，在那樣的威權時代，得以獲吾島大總理接見，標榜為青年楷模……。

（瞧，即便考過那麼久了，我對那創業維艱的社史，仍如數家珍呢。）

所有的筆試考題，都來自《小星》。《小星》全文都掛在網上，任何人都可以下載。

這麼聽起來，你們或會問我：考試並不難，對吧？

事實並非如此。

《小星》的困難，在於文字。

《小星》以文言體例寫成，而使用的文字更是錯雜紛繁，以甲骨文、金文和小篆勒製。在吾島「中國文學系」已被掃入歷史灰燼的此刻，回頭看這樣一部不忌諱標舉神州古老傳統的書寫方式，確可能觸動某些人的敏感神經。對此，文學社內部當時也不乏議論，是否要將社史全面改寫為通行的白話文字，甚至主張要將漢字廢除，改用拼音字母之類，更能暢通國際的語言。對較為激進的社員來說，仍在使用形聲會意字的此代人，彷彿仍被古代的「神州幽靈」給支配著。「神州是我們的根，是我們立基的土壤。但是時代已經不同了。」他們是這麼說的，「神州已不是那個神州，而是『敵國』。」

社史的文字問題，曾引起不少內部的爭論；但到了最後，仍被大比例的票數否決了。最關鍵的原因在於，對文學社的人而言，重點不是使用了什麼文字，而在於「保存」的具體意義。而且只有方塊字，才能從內容、從形式上，對「文學社」的本質加以記存。我們必須使用一個早已死亡、被遺棄的語言，去構設另一群人的流離：死亡與遺棄……

簡單來說，社史就像以文字構成的保險箱；就如同，將水滴藏進大海，把樹葉藏在森林，將星子藏在天河。

那是最好的藏匿方案。

我們期許文字成為肉身，以文字掩護文字。

與其說護衛《小星》，不如說，《小星》護衛了它自己。

那並不是藏私。更非故弄玄虛，抬高身價。

不是的。

而是我們相信，對於「文學」（更準確來說，對於「詩」）的追求者來說，太過輕易的挑戰，不只不值得追求，更可能是一種羞辱。

入社考試每年只會舉辦一次，限制二十歲以下的青年報考。報考人數在我入社的那年，約莫在一千五百人左右。每梯次只取五人。至於考試的方式，恕我在這裡不能說明。並不是我不想說，而是因為，除了社史筆試的基本門檻以外，還有諸多現場才會得知的測試。

那與每一屆主考官的風格有關。

此外，在入社之時，每位社員都被要求簽下保密條款，考試的內容更是明令禁止——即便如今，這個社團早已不復存在，我仍不能將此事洩漏。至少，不能由我洩漏。對我這樣一個行將就木的老頭子來說，記憶或許不再可靠，但誠信依然是重要的。還是那句老話，「人無信不立」……，唉，你們看，我又在背誦古老的教條了。你們就別笑我的奴性堅強了。那只是一個老人的簡單原則。

總之，那並不是一般的筆試或口試，它還涉及身體的展演。準備考試時，我們不只習文，也得習武。對任何考生來說，無論是否最終是否上榜，那為期三日的「考驗」，必是終身難忘的。

那是一種啟蒙。

是讓存在於文字上的「文學社」，搬移入血脈的盛大儀式。

那更像是某種戰爭：切身的損耗，犧牲，與頓悟。

文學社要求的，不只是對於詩的熱情與愛，更非關於詩歌的歷史或者知識。而關乎更核心的，必須用整個心靈去支付的，「詩的意志」。

但是，什麼是詩呢？

我們已很久沒有見過詩了。

我們已很久沒有見過，真正的文學了。

*

在我們年輕時，文學尚是唾手可及之物，無人珍惜。事事物物都可以掛上審美濾鏡，以至出現諸多廉價贗品。例如「看起來像是詩」的東西。贗品養大了讀者胃口，也養壞了胃口。有人登高一呼，宣稱文學必須貼近普羅，必須有療癒身心或娛樂效果；但當人們逐漸發現，其他媒介更能輕易獲得這些效果，自然就對文學逐漸疏遠，棄如敝屣。

於是又出現了另一批人，他們堅持文學乃「高級藝術」，他們如死守四行倉庫的烈士，主張文學追求的是純粹，是極端的美。他們高喊文學之所以為文學，必然得棄絕溝通，建立風格。因此那必是困難的，高門檻的，是排斥愚民百姓的。

然當文學成為孤島上的聖殿，失去了與現實的連結，必得走向頹敗。

若對文學史有一點瞭解，便會知曉：這一類的文學論戰永不嫌多，一波落一波起的。那涉及「文學是什麼」的永恆辯證。文學的價值會起伏。興滅。但文學終未滅亡。記得曾有個作家這麼說過，在歷史的洪流中，文學總是在對抗著，那個不斷宣稱已不需要它的世界。

但是誰能料到呢。

在這座島，「文學」竟真的是死透了。

而那一切的導火線，使此代文學真正走向敗亡的，必須追溯到吾島被尊稱為「詩學的父親」的大師崩毀的事件。

關於大師的故事，在文壇，其實早已是一件公開的秘密；而在許多前輩眼中，那也並非什麼大不了的事。事情大抵是這樣的：已婚的大師白某（你們都知道他的名字吧？）在新書座談會上，認識一位年輕女讀者——姑且稱之為J吧——之後，即展開交往。女子仰慕大師，大師呵護女子，租了一間高級公寓給女子住。女子懷孕，生下一個兒子。最終紙包不住火，兩人的情事終於被大師的妻子發現。由於元配患過婦科方面的疾病，長年膝下無子。三人遂協議，讓J以「特別助理」身分，搬進大師城郊的家中。由於外人未能知曉的協商與忍讓，大師的「一妻一妾」終究得以同住屋簷下，相安無事多年，小孩也平安健康長大。

然而，有一日在社群網站某個詩學專頁，出現一封匿名黑函，影射了大師的不倫之戀。彷彿搭上那陣子蔚為流行的#metoo風潮，一夜之間有數十萬瀏覽轉發，作家的名字登上社群網站的熱門搜索。黑函提供學生證作為證據，指出那位女讀者懷孕時，只是一個未成年的少女，某北市高中二年級的女學生。

大師誘姦未成年少女之說甚囂塵上，大師成了狼師，一夜之間遭到社群公知猛烈圍剿。

學術界也重新檢視那位大師的作品，進而讓那些唯美抒情，以「少女」為題的詩篇，都染上了畸戀的不倫色彩。人們紛紛說，那是一則現代的《羅莉塔》寓言：大師不知染指（或稱「取材」）多少「少女」？人們紛紛拋售大師詩集，以致後來二手書店還得破天荒掛出公告，表明不再收受大師的作品。那些詩集有的絕版多年，吸引不少收藏家鉅款投資，卻在一夕之間淪為廢紙。

而不久後，又有位年輕的歐美文學研究者，在權威期刊發表一篇與大師有關的論文。學者指出，他在歐陸自助旅行時，偶然在一北歐民宿的書架上，發現一名為《凍土》的瑞典語詩集。經過他的調查，該書曾在二十世紀初期，譯進扶桑國；不過因為流通不廣，並未傳入吾島。而年輕就曾在扶桑國留學的大師，恐怕就是在那時接觸到了《凍土》一書。經過比對，大師過往的詩作，竟多抄自那一位生活在十九世紀中葉，名不見經傳的瑞典語作家……。

大師的「破口」一直都潛伏在那裡，卻彷彿被設定好的炸彈，一瞬間全部引爆。

醜聞大熾的那一陣子，大師和妻子、小孩神隱，狗仔跟監多日，仍捕捉不到他們走出家屋大門的蹤跡。幾天後，J小姐卻現身了。她單獨出面，在線上直播致歉。那位戴著口罩的婦人聲淚俱下，表明一切都是她的不好。是她太迷戀大師的作品，才去勾引了大師。兩人的肉體關係，亦完全出自你情我願，且是她欺騙大師她已成年，「他一點也沒有對不起我、一點都沒有」……

她憶述，和大師交往之時，她的確還是個高中生。隨著預產期日近，制服蓋不住肚子，才被導師發現。導師聯繫輔導室，再由輔導室通報給家防中心。根據法條，J被送往醫院手術室，擷取胚胎的DNA，以利於控告大師「性侵害」。社工跟J說，只要上法庭，她就可以取得養活她們母子一輩子的金錢。J嚴詞拒絕了。她在記者會上，出示了當時寫給那位社工的親筆信，說明自己如何傾心於大師，而他倆是真心相愛……。

那番真誠感人的泣訴，卻被殺紅眼的網路公知們指為虎做倀。甚至有電視名嘴以「斯德哥爾摩症候群」分析女子病狀，痛訴整個「父權社會」的結構問題。

J小姐的道歉不只未能平息怒火，反而讓事件愈演愈烈。群眾號召上街遊行，要求大師為不倫之戀負責。

吾島大統領下令調查，讓文化單位受到莫大壓力，不久便跟著宣布，取消大師的一切文藝獎項和頭銜，並撤去大師國文課本中的所有選文。在我就讀的大學，有一書房就以那位大師命名。我親眼見到，有人將大師的塑像砸毀在地，並用紅漆在那崩塌塑像旁，噴上「強暴犯」、「戀童癖」等字眼。

事實上，那位「大師」——正如諸位所知，即是本社草創時期，最重要的五位元老之一。當然，大師後來成為了「脫文者」。他是主動離開的。他克制不住內心的創作欲望，自己寫起了詩——當時，還耀武揚威極了，聲稱要另起爐灶，鬥垮「文學社」呢。

諷刺的是，他寫的詩後來被證明，從不屬於他自己。

而他最終，確實不只毀去了文學社，也毀壞了文學。

*

大師倒台之後，人們開始警覺，文學楷模何其脆弱，而典範又如何野蠻。群眾從一開始的驚訝、困惑，到後來全面的憤慨……，人們意識到，那些美妙高雅的文字，往往取自不堪的經驗。有些人便裝模作樣的思考起來：我們長年所閱讀的「文學」，會不會只是一堆意淫的產物？我們的國文課本，會否只是父權結構下的產品？文學偶像跌落神壇，狗那樣吊起來示眾公審；那些過往相互吹捧的友朋們一哄而散，竟沒有一個人願意「撈」他一把。大師的私人生活被強硬曝光，童年失怙，進過少年感化院，中年出軌，晚節不保……

有人說，那是「後台主義」崛起的時代。

對他們來說，文學只是虛華的表演。是面具。是「前台」。是虛幻的泡影。於是他們略過了文字本身。他們更在意的，是文字的背後，被命名為「真相」之物。

「詩學父親」的毀壞，只是「文學之死」的一個開場。

沒有人料到，那竟真會導致文學的滅絕。

我認為，那起事件帶來的影響，是對於「更好的可能」的不信任。

「吾島已不再需要文學了！」

當時出現了這樣一篇連署，在網上瘋狂轉載。撰作者大概是位對文學由愛生恨的練家子，看得出來自「圈內人」的手筆：文章中洋洋灑灑羅列諸多數據，指出吾島一年，花費多少金錢，補助了文學創作，出版社，雜誌社，辦理大大小小多少文學獎（從地方性到國家等級），講座，研討會……。文章最後，宣稱那一切種種，除了養出一群群聚虛華的文人，到底收穫了什麼成效？「難道我們只配擁有這樣的『文學』嗎？我們需要這樣的『文學』嗎？」其中還有位封筆多年的文壇大老，在報刊上連載三日「反文學宣言」。他在那篇鴻文中指出，文學就像是「緩慢而缺乏效率的手工藝」，早已趕不上這個網路時代，「文學固然帶給我們很多快樂，卻到了為它送終的時刻了。」

在當時，由於閱讀人口下跌，文學雜誌和出版社，早已如風中殘燭。而在大師事件之後，更成過街老鼠，被打為「共犯結構」的一員。「文學區」被移出了書店的架子和櫃位。而那同時，我所就讀的「中國文學系」，也興起轉型的聲浪。在接下來的幾年內，它將被歸入「外語系」，成為外國語的一員，作為單純的語言學門。而那些以文學創作為號召的系所，亦紛紛改名易轍，成為「影像創意系」或「行銷廣告系」。

以吾島命名的「台灣文學系」，則如償所願成為了「國學系」。但國學系中的「文學」成分非常稀薄，而主打吾島的方言學，民俗學，人類學，社會學等等。

在風風火火的那些年，「文」並未消失，它只是變形了。我相信，它仍以另一種形式存在著，蟄伏著。譬如手遊或桌遊，我們還是可以在酣暢的笑聲中，發現一點點文學的蹤跡。想像著它曾帶給我們多少不眠的夜晚，與快樂。

那或許，只是我自己的掩耳盜鈴？

那只是我入社的第三個年頭。

那一年，我才二十一歲。我還那麼年輕，那麼天真的以為，「文學社」不會滅亡。我們將成為吾島最後一支，文學的族裔。我們對詩的情感，對文學的熱愛，早已超越了道德的良心。那讓我們甘冒天下之大不韙，為它獻身，為它毀滅。我相信。我真的相信，我們會繼續朗讀詩篇，繼續辯解意象，繼續尋訪詩人的故土……。我們將會轉入地下經營，即便人們認為，一切的「文」都只是巧言令色。我們會繼續擴編《小星》，穩定而微小的壯大。

一夜之間都沒有了。

消失多日的大師，趁著夜幕低垂，獨自潛進文學社。它把自己鎖進那幽暗的社辦，點燃此生最後的火光。他放火燒死了自己，也毀去「文學」的來時之路。

隔日，數大報刊登了大師死亡的消息。

大大的標語是「畏罪自殺」。

他自盡的前一天，將此生的最後一首詩投給了某平面媒體；那大概也是最後一次，吾島的文學登上頭條版面。那是一首很短很短的絕命詩，卻有著很長很長的序言。大意是說，這些年來，他最難忘的，仍是待在文學社的時光。

他想念那些年一起來到異鄉打拚，最終卻形同陌路的朋友們。他說：那時我們都還年輕，我們有無限時光，去想像文學，想像未來。而關於J小姐，還有他們的孩子，那是他的私事，他無法，也不願意多談。但所謂「瑞典語作家」並不存在。那位年輕學者在北歐讀到的，是他少年時候的虛構之作。他在扶桑國留學時，用當地的語言假造了一個生活於十八世紀的瑞典詩人，以及那部名為《凍土》的詩集。那部詩集在扶桑國曾少量出版，並未引起文壇的注目；卻很諷刺的，在多年後卻「反攻」瑞典，被譯為瑞典語，而成為北歐地區，一部「不存在的經典」。

那是虛構，是詩餘，是遊戲。

在許多年後，那卻成為反噬自身的力量。

他說，年輕的時候，對文學社「述而不作」之類的條款很不滿意。

他認為，那是無才者的懦弱宣示，是戰士臨陣脫逃的遁辭。「如果不寫，如何能有文學呢？」他愛文學社，但他必須將打破規則。他說，「只有自己投入，去寫，迷失其間，才有可能真正讀懂文學。否則，就只是站在迷宮之外，再怎麼擬真描摹，都不可能真正走進迷宮，看見迷宮本身。」

他寫道，即便迷宮的中心是一片荒蕪。

從文學社脫離至今，他仍認為，自己所做的，並沒有錯。但他同意，作為一個純粹的讀者，確實是更為幸福的事。

文章的最後一段，他提到了《小星》。他說，他將用自己的死亡，為「文學社」的歷史寫下句點（而他的確做到了）。他引用了一部古老的神州史書——那段文字描寫著，南北朝時某個皇帝在兵敗城破之時，焚毀了寶藏多年的十四萬卷書。在烽火交織的別離時刻，落魄的皇帝痛哭著撫今追昔，並且哀嚎著：「讀書萬卷，猶有今日，故焚之……」

＊

那時，我還年輕。

比眼前的你們，都要年輕許多。

那時，我還擁有文學，擁有文學社。

我還記得，我們會反覆哼唱某支樂隊的歌曲：「給我一瓶酒／再給我一支菸／／說走就走／我有的是時間」，走過每條盛夏的午後街道，在沉靜的樹蔭下站立許久。不打擾人，也不被人打擾。更多時候，就在那條通往泰順街的大橋底下，閒坐一整個下午（許久後才知曉那橋墩曾入鏡楊德昌的《一一》），於老人經營的彷彿廢紙堆的二手書攤，見證書本的毀棄與重生。我還有那麼多的時間，可以想像詩究竟是什麼，想像自己即將衰老。

在「文學社」焚毀後，我再沒走進溫州街一次。

我離開文學，比自己想像的快上許多。

如果你問我，為什麼這些年選擇沉默。我的呈堂罪供將是：這些年，我在心底反覆揣想，要怎麼說出這個故事。「故事之所以開始，正因為無人意識到它的開始……」，這是我目前所能想到的，最簡單的開場白了。許多年過去了，我仍在想，它終究是一個故事吧。那與摻雜多少真實虛構無關。

我要謝謝你們找上我。我是這樣一個，說話無足輕重的老人。

我只能保證，這篇辯詞沒有欺瞞，因此，也沒有任何一首詩。

這是我理解的文學。

「故事之所以開始，正因為無人意識到它的開始」。

對文學社時期的我而言，我述說的一切只能是一篇小說。這當然只是一篇小說。

什麼？你們問我是如何開始寫作？

重點不在這裡。你們更應該關心的是：我是誰？而你們又是誰？

小段

我記得你們躲起來之前的樣子。

——袁哲生〈寂寞的遊戲〉

0.

那時你還住在街上，還常做那個跳樓的夢。你和幾個玩伴全赤著腳，溼淋淋，踏過每一個映照你們自己的積水。雨水在飛。天台上，你們是《校園瘋神榜》那些滿臉痘疤的矮小少年，登高一呼：「媽媽，不要再給我帶蝦仁炒飯了！」或者「小明，請和我的貓咪在一起！」之類莫名（但又充滿暗語）的宣言。

隨後紛紛的，像是雨點紛紛跳落。

奇怪的是，向來懼高的你在夢中，一點也不害怕；是否你明白，那只是一個比較清楚的夢？

是夢啊。是夢。你大腳一跨，手臂鼓動，像是蜻蜓翅膀。頭髮迎風炸開，呼呼呼呼，你嘴裡也呼呼呼呼自帶音效。地面破碎，你的腳掌穩穩立著，隕石坑裡盛大登場。

而你的同伴們總毫無例外的摔得頭破血流，不要錢那樣湧出鮮血。

在夢中，死亡是可以重啟的遊戲。

1.

小段並不姓段，他姓鄭。

——小段說：「沒人規定叫小段就一定要姓段吧。」

那是某一個大雨的夏日午後，小段在樓梯間忽然告訴你的。

那一日是週三，你們只上了半天課。回社區，他踮腳尖，按響C棟的鈴。洪雅婷從四樓陽台探頭出來，她剛洗頭，頭上裹著一圈毛巾，水滴到你的臉上。你不知道那就是雨。你只是覺得，洪雅婷望下看的臉非常美麗。洪群偉他們全去鎮上看戲了，「你們兩個沒跟去？」你知道，他們定是去看那剛上映的恐龍電影，上個月溫書假，你們在公館夜市一同抬起頭，看過那預告片的。那一刻，小段必然感受到同一種失落。他仍裝作若無其事，嘴硬：「恐龍電影是給小孩子看的，無聊。」

你們在中庭玩起「誰能把玩偶彈最遠」的遊戲。

你提著裝五金的工具箱，小段則捧鞋盒，厚紙板隔著，裡頭滿滿神奇寶貝。你們比遠。以磁磚和路燈作衡量，輸一次就要放棄一隻，當然由你們自選，挑出那些總是重複抽到的波波或小拉達。你選用的妙蛙種子呈球根狀，奮力一彈，簡直是用滾動的，滾得好遠。認輸吧，小段。拜我為師，考慮教你。小段笑了很久，才取出一隻皮卡丘，擺好，運氣，一彈，電氣老鼠在地上各種彈跳，像是有風在推。牠飛了足足有一分鐘之久，在垃圾桶、盆栽和牆壁之間反彈，最後撞到魚木底下的輪椅老阿姨才停在她的腳邊（還讓熟睡的她輕輕晃動了一下）。小段取下掛在脖子上的望遠鏡，善心借一眼給你。

「你他媽，那根本不是玩偶。」你說，「跟鬼一樣。」

然後就下雨了。

你想起第一次和洪群偉他們玩，天就飄著小雨。那時媽牽你走過街區，拜託洪群偉帶你玩遊戲。那時媽已和爸分開半年有了，她想想，不能再讓兒子自閉家中，要推你出去「見見世面」。中庭總有一群小孩子在玩遊戲，看起來最活躍的、最大尾的，就是洪群偉。他笑聲超大，時常尖叫的罵「幹你妹！」那時你覺得，不只是你，媽也鼓起了很大的勇氣。總之，洪群偉答應了。他都是那樣吸收小弟的嗎？你想起有鄰居陰惻惻告知你媽：「別讓你兒子跟洪群偉他們玩，他爸爸混黑的，會學壞……」但是他好彬彬有禮，鞠躬哈腰像是信用卡推銷員：「阿姨，當然沒問題。」

那一刻，你孤單極了。

像要被賣掉的豬，嗷嗷嗷嗷的叫著，卻又不無一點期待。你躲在媽媽身後，瑟瑟發抖，焦慮起來猛拍打她肥厚的屁股。啪啪啪。啪啪啪。老李這時（你總是跟著你媽這樣喚他：「老李」）伸出手來，輕輕搖你肩膀，「去吧去吧。說不定很好玩？」

第一天，玩的是荷花荷花幾月開。

一月開不開，二月開不開。

不開不開。三月呢，也不開。四月呢，還是不開。

花不開，雨落下來，你和小段已經躲進門半掩的樓房，玩撲克牌。兩個人能玩什麼？只能一人分飾兩角，兩人扮成四人。你們玩「九九」。吹牛。玩釣魚。抽鬼牌。洪群偉教你們玩過一百種撲克牌遊戲，規則五花八門，你們沒人記全，還跟某些魔術表演混在一起。不過，那時還是很開心，左右互搏，手忙腳亂。你的遊戲方針之一：「如果我是洪群偉，我會怎麼打？」又或者方針之二：「哦哦洪雅婷好可愛哦。」

樓梯間有一扇半掩的格子花窗，還有一道垃圾袋拖曳過的痕跡。但你覺得空氣好清新。燈下有蛾群聚，光線泛黃。牌局重啟，你覺得樓房外的雨彷彿會一直下，下在公園，下在街道，下在遠方的海上。

雨的外面還有雨。

小段說：「其實我不姓段。」

那時你們正玩「撿紅點」，好不容易打完一圈。除了三配七、四配六、五配五，你們並不曉得，完局要怎麼計算分數。小段說：「改天要問清楚。」其實，你們並不以為意。規則或什麼的並沒有那麼重要，重要的是這個遊戲本身。就好像，你也並不那麼在意小段姓了什麼。

但是小段好慎重其事。

他咳嗽，刻意轉換成另一個聲腔，像升旗時校長的無聊演講，你不免正襟危坐。他說：之所以告訴大家他叫小段，是因為一部武俠小說，那是他媽「倒下去」前反覆看的。他爸總叫他媽做點有用的事，搬家前把他媽從少女時期蒐集的幾櫃書都扔回收箱了，「你沒辦法工作，至少要多花點心思照顧小孩。」

「你覺得怎樣？」小段說，「不要都不說話。」

他媽倒在陽台，兩三個盆栽砸在一塊。所幸發現得早，救回來了。救回來後患上嗜睡症，動不動就連睡七十二小時，睡著時比死人還像死人。檢查出來，好像腦子裡頭有個東西分泌過多。醫生說，睡覺是好事。要讓她多休息，她的頭腦正在自行修復，排掉那些不好的東西，「就好像電腦磁碟重組。」他媽留下這書，像留給小段的唯一線索——小段相信這必是某種關鍵，因為他爸無所不用其極，要把那本書拿去丟了。

小說叫什麼，小段說了，你並沒有記得——你很後悔。你只知道，那小說一共有五冊，但他媽只留下第二冊。沒頭也沒尾。所以，他也不知道結局是什麼。對了，他說，那主角姓段，會飛簷走壁，整本書都在把妹。嫩妹老妹神妹鬼妹都把，胃口很大。「你知道嗎，他超變態的。還會用手指射精。」

有一隻蜻蜓飛進來，翅膀沾了水，很沉。

小段脫下拖鞋，把那蜻蜓拍扁。

啪。爛掉了。

液體流出來。

「對了，講真的，」小段一邊發牌一邊說，「你不喜歡看書，對吧？」

2.

關於那廟的印象，最初是ＡＢ素用他家慢得嚇人的撥接網路，花費整整一禮拜載的那部星際大戰電影。電影拷在光碟片，邀你們下午到他家去。你們在他過世爺爺的房間，用一台充滿雜訊的小電視機看——也或許，那盜版影片本來就充斥雜訊，以及電影院裡起身觀眾的黑影。看完電影，天已全黑，你們疲憊興奮，拿起鉛筆就當光劍比劃。也不知是誰開的頭？大概就是小段？他煞有介事的說，那廟呵，肯定是座外星要塞。一定是這樣，你們看那鐘樓，從來沒敲過鐘，不就是個宇宙傳送點嗎？洪群偉嗤之以鼻，嗆道：廟就是廟，什麼外星要塞。你們腦子是哪裡有問題？他說，比起那些和尚尼姑，你們不覺得小段的臉更像是螳螂星人嗎？

（你定神看，小段那五官確實就是螳螂：突起的眼球，略顯凹陷的臉頰……）

奇怪的是，直到某一夜裡，洪群偉去那附近雜貨店買菸兼遛狗。他不知道看見了什麼，隔天神秘兮兮跑來跟你們說，那廟真的「有點東西」。

「等你們要死了再來問我。」洪群偉表示。

你和街上的小孩在那大廟玩過捉迷藏。

是大將軍帶你們去的。

大將軍他爸是大廟的總務委員，習慣將一大串鑰匙藏在玄關的某個鞋盒裡。每月農曆十五，月圓之日，他爸和其他的廟方人員，總會帶著所有廟裡的和尚尼姑一起消失。對外說法是往北海岸某山參佛去了——天曉得，他們是去做什麼邪教勾當（那時，你已從洪群偉的口中知道「靈肉雙修」的意涵了）？

大將軍提議，趁著那個時候，潛進去。

當然，洪群偉是怎麼也不肯跟的，「幹你娘，滾啦。」

然後才是那個指令：「跑。」

跑，建物陰影覆蓋下來，同伴們都刷成同一張臉。他們極其相似的笑著，叫囂著，講些無關緊要的垃圾話。像在那跳樓的夢裡：肩膀規律的起伏，手的擺盪，腿跨出去的幅度，都是如此的相似，只差沒有一道共同奔赴的死亡。「五十、四十九、四十八……，」一鬼開始倒數。同伴們鳥獸散去。你在繁複的迴廊間彎來繞去，撞開門，闖進去。啊，是大雄寶殿啊。你深深感覺，那神殿裡的佛像，唰地側過頭來，注視著你。

更奇怪的是，每一棵樹、每一扇門後，竟老早躲了人。

（「幹，走開啦！媽的！」）

（「不要過來啊！」）

（或只是揮手要你滾）

你氣急敗壞，想起洪群偉那平時天不怕地不怕的痞樣，卻在提及廟宇時流露的神情……，他究竟看見了什麼？

你逐漸說服自己：這廟裡必有一隻真正的大鬼。變態。殺人魔。牠（或祂？）會在月圓之夜出沒，將這廟裡所有的活著的生物出沒——所以，那些和尚尼姑才要逃走吧？難不成，大將軍和那些人是同夥？遊戲的邀請，其實是某種奉獻的儀式？

「跑。」

你聽見那指令。

此刻，在這樣一座輝煌廟宇，唯有你一人天選那樣的知曉了一切。

你是否該感到害怕，或者失控尖叫，像是好萊塢B級恐怖片早早慘死領便當的雜魚？你莫名興奮起來：那些人，躲在如此明顯所在的那些人，應該會立刻被捉起來殺掉吧？你想像著：鬼會拖著一根鐵槌，將那些傢伙拉出來（從那可笑的、毫無遮掩的樹幹後面？），叫他們全跪在大佛之下，處刑那樣的，將他們脆弱的頭蓋骨一個個砸碎（或許還會狂笑吸吮他們枯竭的腦髓）。你想起更小時候，在一荒廢土地公廟見過的「地獄圖」。惡徒死後落入地獄，鬼差將他們綑在巨大石頭砧板上，背後有突起物頂著，兩個鬼差在一旁拉扯鋸子割裂罪人腹部，腸子天女散花那樣噴散出來。

天啊，一群智障。

倒數聲仍在廟宇裡迴盪。

「跑。」你覺得那聲音好熟悉，卻怎麼也記不起來。

無路可走了。

你可不想和那些可悲的傢伙一樣，毫無抵抗的死去。

咬牙，一口氣衝上五樓。

（他們說：範圍是一樓的廣場和二樓、三樓走廊，絕對不可越線）

你挑了一間未上鎖的房，在角落蹲下來。

靜極了，整個空間彷彿成為真空，你的眼睛試圖辨別黑暗。光線極其微弱，但你已經能夠初步判斷，木門不似一樓大廳有繁複雕鏤，而是一間單調的經房。從灰塵堆積的狀況來看，你恐怕是漫長時間以來，唯一走進這空間的人。

而你確實破壞了規則。

你或許還竊喜地想著，再忍一下，再忍一下，再過一段時間，就若無其事地現身，就這樣成為贏家吧。你緩緩直起脊椎，幾乎要笑出聲音：再也不會有人來了。不會有人找到你了。你翻動那一落落以神秘語言抄寫的經書（藏文？梵文？還是印度語？），你讀不懂，不自覺小聲誦讀起，母親入睡前以毛筆正襟危坐抄寫的《心經》，「無罣礙故。無有恐怖。遠離顛倒夢想……」你感覺從未有過的寧靜。當然，你並無法忘懷，你仍身處遊戲之中。你想起同伴們的臉，然而無論你如何努力，卻發現，他們每一張臉都如此相像，名字也糊成一片。

每個敲碎的名字都留不住了吧？

你想像他們將一個個被惡鬼如玩物那樣追逐，一個一個搗殺棒殺刺殺斧殺，毀爛棄置在這冷清廟宇。

（然後隔日，這廟宇又回復窗明几淨，聖潔寶地。）

（和尚尼姑們一手清潔劑一手掃把，誦念佛號清洗血跡如撢落佛像上的灰塵。）

你膽怯地訕笑著。

木門被猛力踹開了。

大束光線衝破濃霧般的黑暗（像電影院散場時燈光全數亮起），刺得你幾乎睜不開眼睛。那是你的同伴。他們或直立或斜倚，在門邊，眼睛燦亮，烏黑的瞳仁清澈無比。但是，他們的脖子上卻裝置著一張張衰老的臉。他們張開嘴，吐出舌頭，似乎想跟你說些什麼，卻無法發出聲響，只吐出劇烈的惡臭。你試著讀他們的唇。讀他們的眼睛。你一無所獲。你多麼希望他們忽然拉響彩炮，高喊：「哈，你被整了！」或者揮著拳頭笑罵：「幹你的，你犯規！」

但是沒有。

沒有一句話。沒有笑。什麼都沒有。

他們只是那樣看你，像一個被叫停而顯得尷尬的夢境。

小段也在其中，可笑又讓人傷感的螳螂臉孔。

像是寶殿裡的大佛那樣，悲憫的垂視著你。

「我的母親……」他說。

房內又復闃靜。

經書仍覆蓋著厚重的灰塵，木門啟，夜風入。

你起身時撞落了一疊經書，開門只見月光照耀，整座廟宇冷冷清清的樣子。

石梯迴旋向下。

噠噠。噠噠。噠噠。噠噠。

「跑。」

你聽見聲音，那當然是你倉促的腳步，你卻覺得，那並不是你自己的——或者說，並不獨屬於你。你感覺有個「什麼」，正在倉皇離場。你來到幽靜的中庭，穿過重重的迴廊，大雄寶殿，穿過修整完善的花園，寺廟唯一的入口已拉下了鐵門。

所有的人都已經走掉了。

那一刻，你終於明白，你被遺忘了。被鬼或殺人魔，被其他的躲藏者，被整個世界給遺忘了。

不，不是遺忘，而是棄置。

搞到最後，你才是那個「鬼」嗎？

（或許是時候了。是時候，戲劇化的拉扯門上的鐵條，大叫號哭？）

（然後就會有攝影機降下，罐頭笑聲響起——哦，原來是整人節目啊。）

可是沒有。什麼都沒有。沒有哭泣，沒有恐懼。你沒有死。你拾級而上，回到原初那堆滿經書的房間。那恐怕數月，甚至數年、數十年無人知曉的經房。你帶上門，蹲坐在群經之間，讓自己成為一個徹底消失之人。

或許因為緊繃許久，稍一放鬆，你便感到肩膀的疼痛，小腿亦有灼熱之感。

你深切感受這夜晚的冰涼。

你無法去想像，明日早晨，你將如何面對那群信眾，如何面對大將軍的父親，如何面對那些歸返地球的尼姑和尚。

你只能說服自己，終於可以好好睡上一覺。

你的膀胱排放出超級大量的尿液。

有那麼一刻，你多希望困在這裡的是小段，而不是你。

3.

在那個夜晚過後不久，母親便帶你搬離街上。

一切來得太過倉促，以至你的所有同伴，甚至你自己，都不知道為什麼要離開。離開那夜清朗極了。雜貨店，檳榔攤，還有掛滿競選旗幟的電線桿。那是你行走過的人孔蓋。沒有風，沒有雲。一切平靜如昔。一切都在倒退。你坐在老李的車上，思考你不在的街道，童伴們會花費多少時間將你遺忘。街道總是不變的。改變的只有你自己，你背叛了這一切。你並未在此定居，並未在這裡成立家庭，你並未在此衰老死去。

你們來到另一條街，來到據說是老李父母留給他的一套房子。媽說過，當時會答應老李的追求，有很大一部分就來自於他擁有一紙房契。她已經受夠了。受夠上一任（也就是你那廢人老爸）帶給她朝不保夕的貧窮，每到房租繳交期限，總要四處找親友求情籌錢，必要時還得裝作不在家。有一回，不知是收什麼錢的男人在你家門外按響電鈴。不應。他拍門大喊：「太太，我們知道你在裡面。再說最後一次，我們真的要報警了。」整棟樓的人一定都聽到了，整個社區的人一定都聽到了。他們都是「我們」。不過，他們多禮，只會用眼神交換訊息。不響。

他們什麼都知道。

街口的風也會幫忙推送消息。

（你媽把你抱緊，摀起你的嘴巴。）

老李的房子是一棟規模幾乎與你的舊家全然相仿的公寓：有小小的陽台，呆版的石造噴水池和女神銅像。就連門口管理室的那個外省老伯，都長得好像，也是老得隨時要往生的樣子。你總是想，這並不特別。這世界只是不斷的重複。你在大街上見到的那些建物，不也是都醜得一模一樣？

媽說，她看過W的書了（那個常在命理節目出現的星象學家），她的星盤主星位處固定宮，不喜變動，「這樣不是很好嗎？」

但你仍深深困惑，既然如此，為什麼要離開呢？選擇一套一模一樣的公寓，就代表不變嗎？那時候的你什麼都不會懂的。你只是想像，從此以後，不會再有那樣一群朋友了。你每日規定自己想念他們三次，還要默記他們的名字如誦讀課本：洪群偉、洪雅婷、AB素、大將軍、小段……，你怕忘了他們，他們也將一樣的忘記你啊。新的社區一切如昔，只是不再有同齡小孩在中庭遊玩了。自搬來的第二個月，你便意外發現，這裡竟是一座高齡社群，來來往往都是八九十歲的老人。你方才想起，你們住的這層公寓，本來就是老李父母擁有（願他們安息）。而在你意識過來這一件事後，你竟開始想念起，那個和朋友們一起跳樓的夢。或許是日思夜想的效果，就在那一晚，洪群偉和他那可悲的老姊終於連袂出現在你的夢裡。他們用有史以來最快的速度奔跑起來，像在回覆你的期待，那麼青春無悔、無有遲疑的往下跳——

你竟有種重回故鄉的溫暖感覺。

夢醒後你跑到公寓頂樓，往下看（確實只有五樓啊），認真思考起來：會不會，這才是一場夢？真正的你還在舊家的床上睡午覺呢。

這場夢也真的太久了啊。

接下來，你當然不曾真正測試過，甚至騎上牆也不敢——否則，也不會有「接下來」了。

冬日下午，你一個人在中庭打戰鬥陀螺。

你想要訓練它能夠在一根樹枝上打轉。

又例如，你去打了一隻貓。

那貓很老很老了，甚至你想，牠或許比管理員還要老，比這裡每一個老人都還要老。你不知牠在地下室的輪胎裡長住了多久，因為牠彷彿一直在那裡。但是，憑什麼呢？你不爽這件事很久了。於是，你想要驅逐牠。你試了各種方法，包括拿鐵棍敲牠的屁股，拉扯牠的鬍鬚，甚至，在牠面前吃掉管理員放在樓梯口的貓罐頭……，牠依舊安居樂業，太后那樣的橫臥著，望著你，像挑釁。終於，你忍不住了。你找出老李藏在抽屜的打火機，拿石頭砸破一個洞，讓燃氣滲漏，然後一把往地上用力砸去。打火機在老貓面前引爆時，牠似乎沒意會過來，直到貓毛上也著了火，牠才驚慌失措，在灰煙臭氣中不斷嚎叫起來，噴出一顆又一顆小小的可憐的貓屎。牠離開了，輪胎終於空下來。你歡快坐進去，那是你以一己之力搶來的居所。你覺得輪胎沒有想像中的好躺，也並不好睡。它的凹陷總像貓爪，捏住你的肩膀及背部皮膚。

有一天你在電視上看到重播的《爆走兄弟》，興起又玩起四驅車。

你央老李帶你去玩具店買了軌道，自己看著說明書組裝。然後拿了把菜刀，將那小小的車殼像切割梨子果皮那樣削薄。你去玩具店測試不同種類和品牌的引擎，企圖讓它跑快一點。你還在老闆的推薦下，買了昂貴的充電電池，據說那可以讓電能效率轉換更高一些。終於在你那改造後的車能夠在五秒內跑完軌道一圈，你忽然想起一件事。你走到那標記著「D」棟的公寓樓下，站了一會，果真找到一叢日日春。你撥開枝條，從工具箱中取出鏟子，在其中一株日日春下掘開土。你有些吃驚（或者其實並不？），那裡果然有一具鳥的輕薄的骸骨。一年前，你還在社區時，你也和洪群偉他們一同埋下一具鳥屍。那一日的氣溫你還記得，不冷不熱，雨都還拘鎖在雲霧裡。洪雅婷哭著說在他們家的陽台上發現一隻受傷垂死的麻雀。她把牠抱在胸口，直到牠的心臟不再搏動。

你們一起在日日春花樹下埋葬鳥屍，還在保麗龍上刻字，立了一塊小小的，萬年不化的碑。

你不清楚為什麼這裡也會有這樣的一具鳥的窄窄的骸骨。

你心想這一定是一個遊戲。洪群偉他們聯合你媽和老李，存心這樣搞你：你從沒真正離開過？難不成，那個夜晚的捉迷藏還在繼續嗎？

你有這樣的感覺：這社區的每個老人，都與你的那群友伴如此相似。老人的臉孔、動作和講話聲調，無非在低劣的模仿著他們的未來。那個愛吐痰愛大聲咳嗽的老頭像洪群偉、那個燙一雞窩頭的阿桑像洪雅婷、你漸漸也在老兵退伍的管理員伯伯身上，看見大將軍和AB素的身影。你不願意承認，那頭被你趕走的老貓，其實也滿像小段。是有人調快了時間。咻咻咻咻，你早一步見證他們走鐘的人生。

那麼，你自己呢？

母親去上班以後（她在菜市場租了間店面做成衣批發），便是漫長的百無聊賴。你趁著老李還未清醒，還沒用他惡臭的嘴使喚你去幫他買鍋燒意麵以前，你便一個人爬上樓頂，樓頂上還有水塔。金屬水塔吸納了熱，你撫觸著，想像這裡就是赤道。新加坡。剛果盆地。孟加拉。烏干達。肯亞。某條蒸散著熱氣的雨林裡的超級大河。你倚在女兒牆邊，俯瞰著這座公寓。是的，一模一樣，你覺得天空的顏色和亮度也是一樣的。樓頂也還是那個樣子，海一樣的單調荒蕪。有壞毀的電視機，破沙發。碎裂的相框，災難般的全家福現場。你模模糊糊記起了一些遠超過你年齡的事，譬如你結了婚，老婆外遇，鬧自殺。那種種幾近濫俗的通俗劇碼（以及你差點死於某次縱火案之中，大概是不小心看見什麼地方新聞）。

那種種陳舊的預感，彷彿你真和老李一樣，在此居住了有三十年之久。

4.

你戒備起來，像是戰爭。

你還在等待誰一聲令下。

認真盤算起來，如果那頭真有人發話，應該如何回答？轉過無數次念頭，如果不是的話——那還好辦。如果真的是「他們」——？終於，你站在這狹長型中庭的最深處，一棵瘦弱的椰子樹底下。你辨認著地面的人孔蓋，果然沒錯，就連破損的地方都是一樣的。眼前是那標記著「P」的樓房。三樓。你喚回記憶。你眺望著，那是小段家，一模一樣。一模一樣有藤蔓垂掛，有同樣的雨水污漬，像烙印，烙在陽台外牆。你真的無從知曉，裡頭是否真住著一模一樣的那一家人。

你忽然就想撤了。

撤到底。

你還住在社區時，有一天開始，下午四點你總會準時去按那門鈴，等待小段下樓。你已忘了怎麼和小段成為「更進一步」的朋友，只覺得洪群偉他們並不那麼喜歡小段。所以你特別想接近他一些。畢竟，小段兩年多前，才從外地搬來社區，和你們這些出生就住著的定居者頗為不同。他們一家子總是神神祕祕，搬家那天，連家具都覆蓋黑布——這麼說起來，竟真的從來沒人看過他們一家同時出現的場景。以至於，你一直覺得，小段並不真的和你一樣，屬於「同一群」；或者說，他從不屬於他們——即使，他看起來總是一臉開心的樣子。那並不是說，你是基於關心或者愛，才和小段走在一起；而是在那一群朋友當中，你本來也就是比較疏遠的那一個。

只是基於這樣可悲的、自私的理由，卻足夠你洋洋自喜。

總是在臨暗之際，小段會小跑步下來領你上樓。然後低聲說：「小聲點，我媽還在睡覺。」

（為什麼還要顧慮媽媽的睡眠呢——她醒來不是更好嗎？）

（那房子好靜。）

（門牌。電鈴。地上不知是誰掉落的頭髮。深入骨髓的靜。）

轉開門，荒煙蔓草的陽台，陽光切下來，讓它更像是一片廢墟。你注意到，地上擺著幾個甕打破了盛水，每一容器裡都有兩三條魚在裡頭翻肚，載浮載沉。然後便是那昏暗的客廳。十餘盞精油燈彷彿恆在燃燒，那讓空氣裡混雜茶樹與各種香草的氣味，許多年後你才會在一家老盲人按摩店再次複習。那倒不會讓你產生不適之感，或許只因你和小段總是快步穿過客廳，繞過一套堂皇的沙發椅，直達他的房間。精油燭火亮燃，總是搖搖晃晃的，那讓你們的影子也變得心虛侷促起來。眼角餘光，飄到那套沙發床上，躺著他的母親。他的母親像是一灘積水，一座不流動的池塘，或者根本就像她那柔順異常的黑髮，披掛在那套沙發床上。他的母親眉頭緊鎖，棉被拉得緊緊的，像是身處寒冬。她似乎已經睡了很久很久，而且會一直睡下去那樣。

——那時你也只是想，媽啊，小段的父親一定非常有錢（不然就是非常的傻），竟願意飼養這樣一個廢人。

小段的房間非常凌亂，堆置著大量的衣物——那種種看起來，像是舊衣回收場站常見的格子襯衫和牛仔褲，卻也出現華麗的衣物如壓扁的禮帽，或者嚴重脫線佈滿星星點點的亮面短裙。他把床上的部分衣物掃到地上，騰出一個空間供你坐下。他有一台最新出的ＰＳ２，連結著小小的充滿雜訊的電視機。他說，他只有下午四點才能玩一個半小時的電玩——而那正是你們一天當中在一起的時刻。因為到了五點半，你就要趕回家去看《爆走兄弟》了（你仍好奇：那麼，在你到訪的其他時間裡，他都在做什麼呢？）。不過，因為他母親一直在睡覺，你們即使玩《越南大戰》那樣畫面全滿的射擊遊戲，也只能調成靜音。你們就在那樣飄散著精油香氣的房間裡，極其自抑的操作著手中的搖桿，反反覆覆挑戰如何用最少的死亡數合力通關。

那是你們開啟那戰爭遊戲的三個月後了。

那一次，你們也不知吃了什麼藥，專注極了，幾近未死的突破全關——在最後一關的最後一格畫面，你竟鬆懈了，被那巨大的鐵輪輾碎。小段看起來很累了，你們才玩一次耶。他說，昨晚看漫畫看太晚了，想睡覺了。你不疑有他，你睡吧，我繼續玩。

他躺平以後，你研究起單人模式，還興味盎然的自開了一場。

不過很快就死了。

你發現這遊戲一個人玩，變得非常艱難（難度大概上升一百倍），也非常無聊（大概無聊一千倍）。

你放下握把。

你隨便看起擱在床頭的《幽遊白書》。

累了，便也拉了個枕頭過來，躺在小段身邊，恍惚睡去。

再次醒來，你發現房間已空無一人，只有那遊戲進場畫面還在無聲閃爍。

你將地上那些華麗而老敗的衣物撿起，重新安放回它們原初的所在——像是在填補那被你的身體躺過，變為一處沙坑般的床。

你轉開門，就看見小段。

他身上什麼都沒有；手裡捧著一台銀色的的四驅車，閃著亮光，像是僅有的首飾。

（他好像真變成了某種肉色的昆蟲）

「欸，你醒了哦？」小段走進房間，若無其事彷彿他是唯一沒發現自己一絲不掛的人。那時，你前腳已跨出房門，又被他帶了回去。像是回放的影片，他再次撥開那堆彷彿回收場或秀場後台的衣物，摩西切開紅海，讓你坐進去。好奇怪，那一天你就不想看《爆走兄弟》了嗎？那分明是你排除萬難都要做的每日任務，你甚至對此發過毒誓。是因為看到那台如夢似幻的四驅車嗎？

「我給你看一樣東西。」

他站了起來，雙手背在身後。

你從沒那樣正視過一個男子赤裸裸的下體（包括你自己的）。你看著他的陰囊，彷彿有顆小球在裡頭滾動，在彈跳、在運轉著。你看見他的陰莖（還沒長毛呢），慢慢的膨脹，膨脹了起來。龜頭撐開包皮，乾淨到彷彿透明的淺紅色，慢慢的露出來，像是一朵花。你看得見有血液在血管裡走。那很脆弱很脆弱的微血管。花從土裡長出來，伸展，然後靜靜打開——它就那樣完全直挺起來。

你只是看著。

小段不說話。他心裡好像揣著一塊錶，在計時。

不知過了多久，他終於走出房間——以那樣直立硬挺的姿態。回來後，已套著一件四角褲，上衣則換了一件吊嘎。他伸著懶腰，說，「幹。」

你已許久沒有想起這件事。

只因你好像真的相信了，那是一件極其自然的事。那與你認識的小段無涉，而和某種男孩朋友間抽象情感更為有關。你覺得，小段用身體告訴了你一件，這世上唯你們知曉的事情——否則你以為，為什麼他要把你帶回家中，帶點炫耀意味的，展示他那和死了沒兩樣的母親呢？

那之後，你們又玩了一場《越南大戰》，很快就死了。

離開社區以前，你始終沒有告訴小段，那是你惡意詐死——或許他早該想到了。

也可能，他還一直以為，你只是心裡掛念著要回家看《爆走兄弟》？

5.

有一天，你收到小段來信。

你不知道小段如何取得你的新家地址，走得太過倉促，並未留下聯絡方式。信紙有一點海水的氣味。信上歪歪扭扭寫著：「你好嗎？ 小段」，文末還抄寫一段你完全看不懂的句子：「雲南蠻段氏魏末段延沒蠻代為酋帥裔孫憑入朝拜為雲南刺史本出武威」，並附上一張發電皮卡丘的電話卡。

你當然不會去用它。

你終於習慣和老李一塊生活。不過，你從沒想過要叫他老爸（你總是叫：「老李」或者「欸」），還學會違逆老李的指令，不去幫他買飯。他也不覺得怎樣，自己騎著那台爛機車出去買，笑罵著：「你跟你媽一樣垃圾。」你還是喜歡他說：「不然叫外賣吧。」叫必勝客或肯德基，有時候還會有珍珠奶茶。非常好。老李的工作不用出門，在家接電話，弄弄電腦而已。他也不喜歡出門。你不想知道你媽和他是怎麼認識的，你媽大概一輩子都不會告訴你。老李有個女兒，比你小一歲，跟前妻住在外縣市。大約兩個月一次，會獨自揹著小包包，來找老李。老李會帶著你和她去爬山，看猴子，然後再把她送到火車站。總是一樣的行程，晚餐則永遠是一起吃站前的一百二十元拉麵。

這些一點都不重要，卻是你離開後，唯一值得一提的生活。

你媽是工作狂。也許窮怕了，家裡又有了老李這家管，她除了市場賣衣服，晚上還去幫朋友顧夜市牛排攤。你覺得媽變快樂了。不過她還是非常仰賴國師的每日星座運勢，必須藉此判斷，要穿什麼顏色的衣服，或者搭哪一種交通工具。你在房間裡看書。你媽回來了，敲敲門，進房間。全身上下都是「牛氣」，你注意到她的髮梢還沾了一點黑胡椒醬。她掐著你的肩膀，不知道在哭什麼：「兒子，真對不起你。」

還有一件事。

你新家巷口有家舊書店，只在夜裡開。老頭坐門口顧店，總是在滑平板，非常冷漠。你假意逛書架，走近看，平板上總是差不多的畫面：那好像是中國某佛教石窟的電子版。老頭用手指飛快穿梭，細看那些佛像，銘刻，壁上繪有飛天仙女或羅剎夜叉。有一次，你在店裡翻到一本《佛教大辭典》，你隨便拈一個詞和老闆閒聊。他好像寂寞太久，或者待機的機器突然被啟動那樣，招你過去，看他手上的平板：「你來看這尊，這個袈裟布料披掛的方向，跟別尊佛完全不一樣——」他熟門熟路鑽入那重重的洞窟像是進自家廚房，最後找到某一號標記著「A3786」的洞，開啟放大鏡和夜光模式。

你一直在找小段所說的那一本書。

你不知道書名，也不知道該怎麼問起。或者，你並不想問。你只是想要一直找，一直找下去。找尋這件事，讓你覺得安心。

你什麼都沒有忘記。

6.

離開社區以後，你再沒見過小段。

再次聽聞小段，已是搬離後四、五年以後的事。

你在新聞報導看到，X區有位鄭姓少年，春假期間和朋友們到附近公園遊玩，在同伴玩著拉槓時（就是那種一人拉著一邊，上上下下的槓桿器材），意外觸碰那鐵桿的支點，然後他的無名指的前兩節就那樣被壓碎、壓扁了。

據記者描述，「該生手指血肉模糊，變得和肉乾一樣」，那是記者的原話，而螢幕上則跳接著工廠巨大機器反覆壓製肉乾、裝填成袋的畫面。記者在醫院裡抓住了和少年同行的玩伴，雖然鏡頭只帶到她十指相扣的雙手，但你就是可以辨認出來，那就是洪雅婷。她的哭聲，那種哭得讓人心煩的調子。記者問她問題，她只是一直晃動著身體，不斷的搖頭。然後是哭。無止盡的哭。好不容易，她終於穩定了一些。深吸一口氣，也只是抽噎：「那時候我在旁邊，但是我沒看到……他叫了一聲。我看到他流了很多很多的血，跟他說，你手上很多血。他說，哇真的耶……」

報導是老李叫你去看的。

那時你正在房間裡寫作業。老師要你們根據成語字典，寫一篇五百字的文章。老李在門外喊：「欸，那是不是你朋友？」

你來到客廳，看見洪雅婷在電視上哭泣。

在那之前，你正研究要怎麼把「公孫布被」這個詞塞進文章裡。

你難過的覺得，你真的變為一個普通人了。那社區、那街道像一場夢。你被推出來了。莫名其妙的，被某個神忽然記起，將你永遠的 delete、排除了。

而你的友伴們還在那無限綿長的時間裡遊戲著。

你曾設想，若你還在那街區，還和那群玩伴玩在一起，小段的手指是不是可能就不會斷掉了呢？並不是你會拍掉他「注定要去撫摸槓桿」的手指（簡直是那個誤觸紡錘的童話故事？），或者預知了這一切，巧妙在那災難的時間點帶他繞遠，去到巷口吃一碗芒果冰。而是：你可能繼續在那些被默契標記的下午，蹦蹦跳跳跑到他家打開遊戲機，開啟那永無止盡的《越南大戰》。你們或許，將會永遠被困止在那樣的遊戲時光裡。小段將繼續保有他的手指，在那繁華褪盡的，堆滿著古怪服飾的衣物間。有個女人正在隔壁房間酣睡著，一點一點的，緩慢而沉穩的走向死亡。而你們只是那女人尚未完成的夢，或者隔壁房間毫無意義的聲響。

雨在芭蕉裡

我夢見自己正和墓碣對立，讀上面的刻辭……

——魯迅〈墓碣文〉

1.

是的，我見過他了。我記得很清楚，彼時北城正下著一場不尋常的春雨。不，不是閩人喚作「獅豹雨」或「夕瀑雨」的。那日的雨水一點都不猛烈。而是綿綿的，霧氣一樣肉感爛漫，將北城團團包覆。雨滴是小的，打在身上幾乎沒有感覺，碰到一點體溫，就蒸散掉了。但它就是沒有終止。雨已斷斷續續下了，我猜想，恐怕已有整整三天之久。

彼時，我已渡海年餘，可那麼久長的雨，我還是頭一次見識。校園外，田溝理所當然漲起來了，幾乎要將臨時搭建的木板橋給淹蓋過去。我還見到一頭失足的可憐的狗，在那混濁水流裡奮力掙扎。我來不及拉牠上岸，不過，北城的土狗是淹不死的。賤命長生——請恕我這麼說，擔心你會誤會，這裡頭並無不敬的意思。我的意思是：這島上就連野狗看起來，都比大陸上的強健許多。在街道上，我記得的，就是在溫州街那老頭開的麵店前，我見到先生了。先生和我對望了一眼，似乎有些困惑。他似乎在問著：你為什麼會在這裡？我說不出那種感覺，他好像有話想說，卻只能通過眼神遞送。那是我此生見過的最憂悒的眼睛。我們平日也在街上遇見，總會一塊走上一小段路。不過，那日因為下雨，只能匆匆一別。即便如此，他仍是非常有禮的朝我打了一個揖。他似乎問候了幾句，可我怎麼也想不起，他究竟說了些什麼。我只能試圖回想：語言。他泯除平常慣用的方音，而是採用略為生疏的國語。當然，我也那麼回覆了：

「先生。」

青紅色的榕樹果，在雨中落了大半。先生手中揣著兩本書，一把傘，很快的穿行過馬路，消失在雨霧之中。他低頭，像要趕去赴宴。現在追述起來，我仍能記得，那路上爛成一片的果子，墜落滿地的梔子花，還有先生恍恍惚惚、疲憊的神色。不過，他究竟懷抱著什麼樣的心事，我再也無從知曉了。

是的，就是在那一天。

是在那樣一條陰雨綿綿的不遠的街上，傳出先生遭人殺害的消息。

那時，我們當然都已讀過先生發在報上寫的「那一位」的事。先生的用語，是「紀念」，「追憶」，「懷念亡友」——當然，那也並沒有什麼。生死與祭祀，本是中國人此生最重要的大事。我們只是勸：「那一位」都走十幾年，該放下他了。「那一位」不也留下過一句咒術般的遺言：「忘記我」？先生只是笑。他說，「那一位」哪裡走過了？他頑固極了。仍日日夜夜活在我們腦子裡面，死不肯超生呢。先生說，他和「那一位」有三十五年的友情，其中二十年，幾乎是朝夕相見，「我們是同聲相應，同氣相求」……你知道的，凡此種種，盡寫在先生那本著名的《印象記》裡了。我常常會想：人們總說文人相輕，自古皆然，即使親近如父子、如師生，在文章或學術上，多少會有看不慣或不同意之處。但先生卻不同。他幾乎，我說幾乎，對「那一位」採全然的膜拜姿態。若用你們今日的角度看，那樣的感情，恐怕已遠遠超過「友誼」二字。不不不，我這裡並沒有任何可供臆想的揣度，只是想要說明：他們倆的相知，多少帶有宗教層次上的情懷了。也因此，我們說這些勸勉的話，與其說要先生節哀，不如看成一則曲折的提醒，或說告誡——就像另一位東北來的先生說的：你在「別人」的島上，自然不能一味做著自己想做的事。對我們這樣的人來說，這島嶼終究只是寓居，是「別處」，是「他方」。即使最終，我們在這島上長住，即使我們終將老死在這兒，也不會改變這份宿命。也因此，你或會記起傅先生的讖辭：歸骨於田橫之島。這話竟也可作為先生的墓誌銘了。

歸骨於田橫之島，哦，這古語唸來總是灑脫。

我哪裡有那樣的鴻鵠壯志？

作為一個小輩，自然是不夠資格規勸先生的。不過，他那麼聰敏，怎會不懂「忍」的道理？他只是執意如此。那無關「知道」與否，而是性格的問題。他接連在島上報刊發表幾篇文章和演講，通過「憶舊」的包裝，將「那一位」渡引過來了。我想，那該是一場規模龐大的招魂計劃：與其說出於情感，不如看成政治的表態——不過，在那樣一個危疑的時代，什麼不是政治的？即使沉默，不響，那也是政治。於是，就如你所知，愈來愈多人把他和「那一位」連在一塊，說他是「那一位」在島上的傳人，高喊著什麼「五四精神在臺灣」。我不確定，裡頭的讚譽是否挾帶反諷，但我明白，那絕對是一門危險的生意。尤其是，「某些事情」發生過後——我就直說了，「那一位」，也確為獨裁政權敲響了喪鐘。因此，我真不知道，將先生和「那一位」連結在一起的人，腦子裡究竟在盤算什麼？

當然，這一切都是我的後見之明了。

所以，當先生找我討論參與《大學國文選》編撰時，我自然是猶豫不決的。在那之前，先生和我已在編譯館做了一點基礎工作，不過他比我認真許多；渡海後，他還撰作了《怎樣學習國語和國文》這樣的書。你知道的，那是一部國語教科書。先生從「學習國語應注意之點」講起，談到受詞、助詞、接續詞和副詞的用法。總而言之，是非常基礎、以「啟迪民智」為目標的語文教學。許多朋友同他談過，這樣一份教科書，不值得您花費心力去做的。但他偏不從，堅持親力親為。他說，一切偉大的知識必從語言始。國家要根除人民的「日本性」，就必須從語文，一個字一個字的清洗，「否則，我們怎麼讓人民對祖國的文化、主義、國策、政令有更深入的瞭解？」最後，我以課務繁重、心力不足為由，婉拒了先生的邀約。「這樣啊，只好以後再向你討教了。」先生說，他的眼鏡邊框閃耀著隱晦的光芒，「太可惜了啊。」

我是明白先生的苦心的。

即使在課堂上，他也總是大無畏的談起「那一位」：「那一位」的思想，「那一位」的文學。他也確把「那一位」的雜文，選入了《大學國文選》。那時，整座城風聲鶴唳的，人人都聞得出一絲整肅的氣息。先生仍不改其志。大概是想：他許某人是中文系主任，文化界菁英，特務不敢把刀子架到他的脖子上。事實證明，是他太過樂觀了。正如「那一位」的妻子所轉述的，「那一位」對於先生的評價：先生有時真的是「太忠厚老實了」。

國家的暴虐瘋狂就那樣落到他的身上。

我總想：那是基督式的承擔。先生為全島，不，是全中國，他為全中國的文人挨了那一斧子。

再說回那天，好嗎？

確實是我離題太遠。我也不知道今天是怎麼了？

辭別先生以後，我走回到龍坡里去——那是校方安排給我的宿舍，我姑且稱之「歇腳庵」的。在回去的路上，我還遇見了魏先生。他說有事要去請教先生，問我願不願意一道前去。但或許是因為落雨的緣故，不大舒服，便讓他一個人去。我至今非常遺憾。若我能知道，那將是先生的最後一刻，我必會一同前往，並傾心好好和他聊「那一位」——我顧慮太多了。作為一個「外人」，我不得不如此保護自己。

回到宿舍，雨勢看來仍沒要停歇的意思。

天際敲起悶悶的響雷。

我回想起先生的臉孔，他的眼睛，忽然閃過一絲不祥的念頭。原來，我預計每日研讀《左傳》，卻讀不進去，始終停留在「僖公十三年」那幾個字上。於是棄書，磨硯，洗筆，展紙，寫起字來。亦不成。筆砸在牆上，墨水灑落一地。一事無成，只好扶著窗台，看雨，抽菸，直到深夜。

隔天接近午時，魏先生來見我，告訴我先生府上傳出兇殺的信息——先生遭人殺害了！在我吃驚之餘，他又隨即低聲的告知我：不要說出去，先生並沒有死。被殺的是另一個無關緊要的死刑犯、是個替身，「千萬不能說出去。」先生已連夜上船，赴東瀛去了。

在那之後，我再沒見過先生。

2.

話聲初落，老白便推門走了出去。

果然還是不行嗎？錯誤實在是太多了。

從目前所見的資料來看，臺氏遇見許氏那天（也就是，許在夜裡遇害之日），應該是個大晴天的。但是，何以在臺氏的講述裡，那日臺北正落下一場連綿數日的春雨？其次，臺魏兩人那日下午，正好因公拜訪許府。他們和許氏談了很多，但是此間內容缺乏記載，不得而知。不過，老白也要我用「招魂」跑過了。考量他們的出身和熟稔程度，大抵就是談談公事（約百分之七十六，談及新聘教師和課程開設等問題），敘敘舊（約百分之二十四，但並未談及魯迅——臺因通匪案入獄後，魯迅便不再出現在其公共談話的可能參數中）。那場談話，並沒有太多值得注意之處，我已寫在上次的報告中。但是，何以在這一次的「招魂」裡，臺氏卻說，他並未和魏氏去拜訪許氏，而自己先回家去了？純粹是運算上，他把「消除自己的嫌疑」這件事考慮太深？「這件事與我無涉」的明哲保身？

我已做好心理準備，要被老白痛罵一頓了。

光是出現「晴天變落雨」這樣的錯誤變因，就可能讓機器的運算全盤皆墨——會不會是更基本的條件問題：落雨多少會阻卻人們對於移動、拜訪的意願？

媽啊，看來要考慮的因素更多了。

可我仍得指出，這次的「招魂」，也並非全然徒勞無功。至少至少，我們擁有一個全新的運算結果：許氏並未死去，而是東渡到日本去了。這當然，可能是另一個更大的錯謬——我想，這必然是和此次新輸入的運算材料有關。那是許壽裳過世以後，臺氏在報上發表的一篇悼念文章，名為〈追思〉：

這些天，我經過先生的寓所時，**總以為先生並沒有死去，甚至同平常一樣的**，從花牆望去，先生正靜穆的坐在房角的小書齋裡，誰知這樣無從防禦的建築，正給殺人者以方便呢。雖然先生的長厚正直與博學，**永遠的活在善良的人們心中的**。

「總以為先生並沒有死去」、「甚至同平常一樣的」、「永遠的活在善良的人們心中」之類的句子，或許正好被ＡＩ加重解讀，甚至是過度解讀了——不過，有無這樣的可能：臺氏確實通過隱晦的悼念文字，向未來之人傳遞了這樣一則秘密資訊？又或者，黨部特務與許氏共謀，通過一則繪聲繪影、「殺雞儆猴」的暗殺計劃，對全臺知識份子施壓（就此將「五四精神」閹割在文化圈中）。而許氏，也能去到他理想中的魯迅思想之國（「招魂」可能也考慮到太宰治《惜別》和魯迅〈藤野先生〉等文字材料而選擇讓許氏流亡日本？），在那裡隱形埋名，秘密傳播著魯迅的遺風遺志。是了，我想起竹內好那本著名的《魯迅》，在許氏「遇害」前五年寫成——後來人們所稱「竹內魯迅」，那個像是「招魂計劃」的一種變形，會不會也有許先生的涉入？

以上這些，我當然不能寫在報告中。否則，又要被老白罵「文學腦」了。

我走出實驗室（我們戲稱「嫏嬛洞府」），靠在二樓窗台邊，想像臺氏也這樣倚著，點一根菸。

白煙隨著輕風浮升，飄旋，最終消失不見。窗外芭蕉的透亮葉片，沾黏著青翠的光，搖晃顫動著。冰冷的陽光篩過，落在我的腳邊。這樣一個南國的夏日午後：天陰灰色，雨水彷彿暫時拘鎖雲中，很快就要降落。遠遠的，我看見年輕時代的老白，正咬著一片吐司，捧著一疊書穿行長廊，急急走進演講廳。他的頭髮蓬亂，剛睡醒的狼狽模樣。老白又來了。他總愛把我們這座虛擬實境的「文學院」，設定在他從南部初上臺北，讀大學中文系的那年。奇怪的是，老白展示的這一年，全是他莽撞、出糗的「鄉村少年進城記」，毫無模範意義可言——至少就我所見，在那一年裡，老白每天表演著花式遲到。不是鬧鐘沒響，便是公車司機壓到貓狗，又或者舟山路被淹成了舟山湖甚或舟山水庫。總之，就是應了那句老話：「真心想去上課，全世界都會聯合起來阻撓你」。我曾旁敲側擊，問過老白不只一次，為什麼是「二〇〇九」呢？你不選擇二〇〇八金融危機之年，或者三一一日本大海嘯的二〇一一、甚或是「末日已經發生過的」二〇一二……，為什麼偏偏是二〇〇九？

老白總是神秘兮兮地說：小孩子懂什麼，二〇〇九是關鍵的一年哪。老白花費了數十年時光，頭髮都白半邊了，仍在摸索著「招魂」的諸種可能性。而他最著重的大型計劃，就是二〇〇九，那個被人們稱作是「沒有大事發生的一年」的「二〇〇九」……

或者，你們會問我：為何不乾脆一點，將時間再往前推，推回許先生遇害的那一日、甚或時，那些人類歷史上無人知曉的「關鍵時刻」，一切問題不就一目瞭然了嗎？

我們當然想啊。

事實上，這份工作就是在做這些——我們稱之為「招魂」計劃。我們讓ＡＩ去讀取聲音、文字或者物質，進而轉譯出這個「量子糾纏」或「量子共振」式的亡靈憶往。我們要做的，不是讓歷史如實恢復，而是關於「可能性」的運算。它比較像是後見之明的反照，是「在未來重組過去」的一種時間的焊接工程……。但是，這份工作的困難點在於，人類實在存有太多謊言和秘密了。以至於，隨著必然掩覆的風化和遺忘，大概每往前追溯一年，「招魂」難度就會上升一百倍。尤其是，老白交付我的「一九四八」，更是神祕異常，其中實在太多可疑、永難復原的時光了。

（何以他避開了那個島嶼和大陸裂解成兩邊的、百萬人大離散、界線分明的「一九四九」，而為我挑選了相對沉默、渾沌且荒蕪的「一九四八」？）

我們招來的魂魄，永遠不會是那真正的亡者。

當遠方雷聲炸響，雨水尚未落下前，老白站到我的身旁，也點起一根菸。

一個滿頭白髮、恐怕已有八九十歲的老人從演講廳中跳了出來，吼叫著：「幹你親媽的，吵什麼吵啊？」（老白說過：「那是孔老師。」他說：「他是孔子的七十六代孫。」）欺負我老不死是不是？」原來在草地的另一側，年輕工人正在用除草機除草；巨大的機器聲響，干擾到孔老師上課。學生們全擠到演講廳門邊，只見孔老師頂著雷電，丹田有力的飆罵了十分鐘之久。工人垂著手，哭喪臉，頻頻對孔老師鞠躬道歉。

然後砰地，孔老師倒在地上，鼻頭汩汩流出鮮紅色的血水。

一陣靜默，隨後便喧譁起來，學生們紛紛舉起手機拍照（那時還是「智障型手機」啊），團團圍住倒在草地上的孔老師。

年輕的老白也身在其中。

他和我身旁的老白一樣，朝著我的方向，做了一個讓人讀不出意思的鬼臉。

3.

即便戴上手套，好像還能感受到一點餘溫。

右邊臉頰接近鼻翼處，有一道淺淺的傷疤。再來是手掌，中指和無名指之間，則是一枚小小的痣。致命槍傷開在頭部：右太陽穴進，左後耳出。這槍枝恐怕非常劣質，子彈一顆卡在腦袋，槍手再補一顆，才讓子彈順利地洞穿（我無法想像，腦袋被子彈穿過兩次會是什麼感覺）。我褪去他滿是血跡的囚服，褲子，和底褲。我讓他在手術台上，還原為一具赤裸裸的肉身。他不再是個罪人。他的臀部有厚重瘀血，背上則有藤條鞭打過的疤痕。那傷口盤根錯節，可以想見這具肉身，曾被如何折磨：那是傷口結痂被恣意撕開、毀壞的樣子。他的睪丸碎了一顆，變成麵團似的糊狀；陰莖則意外的健康，彷彿還殘留一點血色，稍一刺激就會勃動起來。他的面容則如石膏像僵硬，眼緊閉，那是深知一腳將踏落虛無的恐懼嗎？右手拳頭也握得很緊，我必須稍用一點力，才能打開。

裡頭空無一物。

大體檢驗有一道標準流程，那是每個醫學院學生該有的基本常識——即便對我這樣的菜鳥來說，也如家常便飯熟練。不同的是，不像在學校裡頭，會有兩位先生站在身後，一個步驟一個步驟盯著，手指、刀鋒，都必須落在精準的點上。在這裡，我擁有短暫的自由。我可以在他的臉上，他的胸口，甚至是會陰，任意停留。我可以獨佔他，感受死亡摩娑著的最終時刻。當然，停頓不宜太久，必須自然而然。必須無情，如在撫摸一架冰冷的機械。我除下手套，請護士在紙上打勾。包括疤痕，掌間的痣，以及那致命的傷口。一切都符合警方呈交上來的資訊。這是他存在於世間的最後證詞。雖然我想，未來，再也不會有人再看見了吧。

一切都結束了。

高さん，或許我們不用那麼見外的。

一切都結束了。

我還是比較習慣，以「你」稱喚你。

小時候，你住我家對街，是我們幾個玩伴之間，發育比較快的那個。好像從我認識你的第一天，你的綽號就是：「高さん」。高さん，你姓高，身子也高，可奇怪的是，你的聲音更高。那和你粗壯的身體，形成強烈反差。畢業典禮當天的惜別會，作為康樂股長的你，唱了一小段歌劇。那個轉音，拔尖，意氣風發的樣子，至今仍讓我難以忘懷。你的喉結早早就凸起了，聲音卻始終高頻，以至於有人笑你：是女生吧。對於此事，你假裝不在意，其實掛心，私下要我教你，如何讓自己更像個「普通的男人」。對了，你還喜歡洗頭，一天早中晚要洗三次。你說：頭皮會癢。又說：空氣裡的灰塵很多。你是個有潔癖的人，對自己和別人都是。我說：你必須改掉這習慣，一天只洗一次頭，甚至不要洗頭。這樣你就會像個男人。你說：那我寧可不要像個男人。

編譯館無預警被停掉以後，你有一陣子悶悶不樂，常找我喝苦酒。因為家裡的兄弟姐妹尚在學齡，你只能依靠過去微薄的存款過活。那時，我還沒畢業，父親又剛去世不久，無法提供什麼幫助。那陣子，我媽常叫我離你遠一點。她的說法是，你的身上散發著一股「不好的氣」。她無法明白，為什麼你被解雇後，就如此一厥不振，「去找一份新的不就好了嗎？」我曾與她力辯過，說那完全不是你的問題啊。但我媽那樣年紀的人，你知道的，怎麼也說不聽。人家都說，你記恨許先生。你認為，那是因為他只想著迎合上意，而罔顧理想，罔顧員工生計……。我不知道，你是否聽過這樣的傳言？你究竟是怎麼想的呢？兩個月前，你被捕了。原因是盜竊許先生家的腳踏車去變賣，沒想到幾個小時就被抓到。許先生大概念及你是過去的員工，不願追究，警方也就只以「侵占未遂」簡單罰了你一點錢就讓你走。

是在那天，我最後一次見你。我媽把你邀來家裡吃飯，你好像有些心不在焉。怎樣問你話，你都答非所問。最後你只是說：「最近我們不要見面了。」你說：「我也要好好找一份工作。」

（彼時，國家機器的謀殺機制啟動了吧？）

（你又會怎麼記憶我？）

是那個下著雨的清冷早晨，五六個穿著軍裝和警察制服的男人忽然敲響你的家門。門是你大弟去應的。為首的那個，出示證件，並點了你的名字。他說：

昨晚有人死了……，你大弟嚇壞了。堵在門邊，遲遲沒有移動。其中兩個人便推開你大弟，逕自進入屋中。他們把正熟睡的你喚醒（重重拍了你一掌），上了銬。你的其他弟妹睡在二樓。醒來後，才得知你被帶走，紛紛哭了起來。這些都是後來，你大弟和我說的。他說，你被喚醒時，似乎並不沒有太大的詫異，甚至安然的像是早已知情。臨走前，你說：「照顧好弟妹，我明天就回來。」你把一張紙條塞進他的手中，要他把紙條轉交給我。

「一切都結束了」。

你在紙條中寫著。那也是你在我父親過世時，對痛哭著的我說過的話。非常好笑的，我竟也要在這樣的時刻，對你說上這一句話。

不知道你是否好奇，「被你殺害的許先生」，究竟是怎麼死的？你大概也猜到了，許先生不會是由我驗的，而是副院長親自操刀。我在院內層級太低，只有像你，像你這種晦氣的死刑犯，才會扔給我這樣的菜鳥。當時，院裡曾流出這樣的傳言：許先生的手腳和面部肌肉都非常放鬆，像是一場無夢的睡眠。對於有一點驗屍經驗的醫師來說，一看就是不合理的——無論如何熟睡，頸部遭到利刃攻擊時，必會產生抵抗或驚慌的反應。尤其是，在「高氏的供辭」中，你是因為失風被逮，才猛然行兇。其次，作為一個竊盜者，選擇主人待在屋中的時間行動（而非上班時間），而且還帶上笨重的柴刀，顯然是不智之舉。最後，許先生的床底下，出現了一份疑似包裹凶器、漢口版的《和平日報》（那是一份軍報），當時並未在這島上發行。

凡此種種，都指向了一個可能：這是一樁有預謀的殺人，而且兇手不只一個。有人負責下藥迷昏被害者，有人把風，有人規劃逃跑動線，最後，才是那個舉刀的劊子手。不過，這些人都不是重點。最關鍵的，還是這群人背後，那個真正的策劃者。

那才是真兇。那是我們談不起，此生恐怕再也無從知曉的，「真正的犯人」。

我必須把紙條還給你了。

我不能留下一點曾和你往來過的線索。你一定能體諒吧，高さん。必須告別了。即便，我多想在這具肉身，再見到你那快樂高歌的神情，想再留住一點溫度。

但一切都結束了。
再讓我握握你的手，好嗎？我想像，你終究是回到我的身邊。

4.

那麼，除了以上所述，接下來，我要說明的是本次實驗的關鍵變因。

作為一本教科書，《大學國文選》一直是訊息量非常龐大的一筆材料：它不僅提供我們認識許氏的思想，也是瞭解戰後大學教育的直接線索。一九四九年以後，這本教科書因為收錄過多左翼文人的文章，在整個戒嚴時代，都被列作禁書。此外，主編者許氏的慘死，更讓這本書徹底銷聲匿跡。直到多年前，一位博士生陰錯陽差在海口大學圖書館的「註銷區」尋獲，將此書從消滅邊緣救回。根據目前所知資料，這書應是僅存的「孤本」。校史館曾將這本書製作成數位檔，公諸於雲端（但後來已被刪除，原因不明）；館方多年前還向全島大眾徵求「使用《大學國文選》的課堂經驗」，希望補足早期臺灣大學教育的實踐面向。但因為投稿者掛零，最終流會了——這並不難想像。不僅因為此書的流傳時日甚短，曾經使用過這本書的人，不是死了，大概就是九十、一百歲了吧？所以，關於這本書如何被學生使用，至今我們只能從一位死在一九八二年的政治犯日記中，略知一二。而至於授課老師們如何運用這冊書，則沒有任何紀錄留下。

此外，這裡還有一條線索，值得繼續追蹤。也就是：究竟是哪一個人，偷偷將這本夾帶著「五四精神」的禁書，帶出風聲鶴唳的校園，逃向海口，並將它秘密藏諸另一處暗無天日的圖書館中？必須承認，將書本藏在群書之間，確實是最好的辦法——就好像，將星星藏匿在宇宙之中。他相信，終有一天會有人將這本書重新發現。那人可能承繼著「許的意志」，要為「魯迅在臺灣」留下跡證；也可能完全不是：他只是一個普通的學生，抱持著犯禁的好玩心態，將禁書特意塞進了某一層書架，就此橫渡數十年時光。

當我終於從校史館館藏調這本書時，書況已經非常非常差了。我被要求以機器手臂，隔著玻璃輕輕翻讀。那可能是，許氏最終留存的時空膠卷，一幅文明畫像的僅存片景。多年前，老白就已留意過這部教科書，但直到上月，我才終於穿越重重的關卡，親眼見到這本書。我認為，這是一個很好的嘗試，對「招魂」計劃有了長足的影響。

不過，在這次的「招魂」計劃中，我們發現，臺氏顯然對此書有強烈的戒心，甚至否認參與過此書的編纂。而當我們審視此書的選文，可以發現，在這樣一部教科書中，議政的時事雜文甚多，它幾乎是一部抗戰文選。可是，這一支「文學關乎政治」，甚至「文學介入政治」的書寫系譜，隨著許氏的死於非命，被徹底撲絕扼殺了。代之而起的，是優美詩意的美文，是無比曲折內向的「現代主義」。劊子手或沒想到，從斧刃落下的那一刻起，本島的文學——或者更擴大來說——整個島的文明史進程，便走向一個以噤聲、失語為本質的「奇異點」。

最後，我將《大學國文選》選讀的相關篇目列在文末，盼望各位還能從中找出一些蛛絲馬跡：

頁26-30，〈文學革命論〉◎陳獨秀
頁60-66，〈吶喊自序〉◎魯迅
頁67-79，〈狂人日記〉◎魯迅
頁105-111，〈我的中學生時代及其後〉◎茅盾
頁112-115，〈秦嶺之夜〉◎茅盾
頁116-117，〈濟南的冬天〉◎老舍
頁118-133，〈淪陷的北平中秋〉◎老舍
頁134-136，〈八百壯士〉◎巴金

5.

讓我想想，當時我是怎麼說的？

這是一幅畫。是了。這是一幅畫。我說：你看過沒有？你注意到這幅畫裡，有些什麼？伊說，我看見一條狗。一個老臉的矮子（我說：那是侏儒）。還有一位畫家，兩個孩子，門外有個訪客，四個宮女和隨侍。我說：還有呢？再仔細看看。伊說：沒有了吧——哦，我知道了。鏡子裡面，還有兩個人，應該就是這位小公主的父母親。也就是，國王與皇后？答對了。那麼，你覺得這畫裡的主角是誰呢？伊有些不解，口中念念有詞，「老白，我不想玩猜謎遊戲。」雖然滿口不願意，伊還是答覆我：是像小公主的孩子嗎？畫家嗎？鏡中的國王與皇后？難道是那個外來的訪客？不對。都不對。是光線和黑暗嗎？是神嗎？是畫家自己？他開始異想天開，拋出各種新奇的答案。

我說，對，也都不對。我認為，這幅畫的主角，是那幅巨大的，始終背對著我們的「正在繪製中的圖畫」。我說：那就像《紅樓夢》裡，惜春終卷仍無法完成的《大觀園行樂圖》；或者，《百年孤寂》中未及破譯、寫滿「過去的預言」的羊皮紙……，這不僅是「畫中畫」或「書中書」的後設遊戲而已。我想強調的是，那裡頭有一股「仍在行進」、隨時可能翻轉的勢能：不只是「究竟是誰在畫誰」的問題，而是：在我們這個維度的世界，極大可能並無法理解、無從認識高我們一維度的世界：或許，我們極有可能才是那活靈活現（但畢竟是假）的書中物或畫中人？

那時，伊已投入「許案」有兩年的時間。

我告訴伊，當「招魂」啟動的那一刻起，即意味著「人」這一生命體，乃至於「人的處境」，是可被計量、被換算，被數據完全撐架的。那麼，我們所存在的這一世界，甚而是，我們所信賴的歷史，亦有極大可能，來自於另一他者的「招魂」。這當然是非常可怕的假設。就如同，我現在講的這一番話，亦有可能來自於某人的控制。某人輸入一串數據（可能是一紙收據，一封信，或者一塊碑文），啟動，便讓我開始追述過往——就如同我們做過的種種實驗，不也是如此嗎？甚至我常想：會不會我的存在，其實來自某人、甚至就是眼前的「你」的發動呢？

伊發愣不語，在我看來，竟更像是默認了。伊追問著我：「老白，你到底想要說什麼？」

*

那死刑犯被控殺害了許壽裳。

屍體火化以前，政府人員在他的手上，發現了一張紙條。上頭字跡非常潦草，寫著：「一切都結束了」。那張紙條，一直被國家檔案局保存在「許案」資料卷宗之中。直到約二十年前，我在執行一個「街道史」的計劃，循線找到許壽裳這個案子——我發現，那是一個被談述過無數次，卻始終「缺了一大塊」的史前史。那像是一場大夢的預演，它以死亡，以沉默，以消失，成為即將到來的「民國」的開場白。

那案子始終籠罩著朦朧雨霧，人們只能圍繞在城牆外打轉，試圖去辨別、去描述可能的線索。於是，我便姑且一試的，將那死刑犯留下的紙條調出來（當然也是費盡千辛萬苦哦）。經過檢驗，我發現那泛黃破碎的紙面，留有好幾人的指紋；我將輸入實驗室新研發的智能ＡＩ，竟意外考掘出一則「歷史之眼所不在」的時光。

也就是後來，那個被命名為「招魂」的計劃雛形。

讓人意外的是，那次實驗成果發表後，不只在文史學界，在資工、電機，甚至是醫學領域，皆引起不小迴響。此間當然好壞參半啦，質疑啊、謾罵啊，都有，還有人批評我「驚擾死者」、「壞人祖厝風水」之類。全島媒體連續幾天做專題報導，請名嘴來討論，大大標題寫著：「親愛的，我們終於讓死人開口了？」因為這個案子，我被老牌雜誌票選為本島年度風雲人物，「招魂」一詞還上熱搜，成為年度關鍵詞，各種「招魂麵包」、「招魂扭蛋」、「一曲招魂」統統出爐。半年後要爭取連任的D總統更親自來電，邀我共乘專屬班機，「共議國事」。她無預警在機上開啟直播，要我對著全島人民承諾，保證在這半年內，將民國史上諸多懸案一一偵破。隨扈取來寫著「十大懸案」的大看板，上頭記載每件案子的發生時間、地點與死者；她則像政論節目主持人，拿一管雷射筆，點著那些人頭，訴說那些悲壯慘烈的故事。她用「告全國同胞書」式的口吻，對著鏡頭眼角泛淚、萬分感慨：「我們要讓亡靈說話，讓這座島嶼恢復記憶，找回正義」……

那些崇高的話語，國族的情感，一度帶給我很大的虛榮，以至於，我始終沒有留意，那可能引發的災難。我來不及提醒本島的人們，「招魂」並沒有辦法帶給我們真相。它純屬虛構。或者更精確的說，它是有所本、是比較劣質、比較無趣的虛構。

但在那樣的時刻裡，我還能說什麼呢？我要大夢驚醒那樣尖叫著，取冷水潑熄人們的熱情嗎？即便再給我一次機會，我也做不到。我不適合做大鐵屋子裡，高聲吶喊的那個清醒之人。

關於「招魂」計劃，我能說的只是這些。

接下來，就如你們所知道的：我並未以「招魂」偵破任何一樁懸案。我拿到國家補助的一大筆錢，成立獨立的研究室，堅決不再對外公佈過任何實驗成果。我全心投入「二〇〇九」的重建工程，而把「許案」丟給了伊——他是我唯一信得過的研究者。國家給的研究基金當然少了，但對我這樣一個小國寡民的研究計劃來說，完全是足夠的。只是對於D總統，我至今仍感到抱歉；雖然我認為，那並不會是她敗選的主要原因。在那之後，「招魂」也就像那些曾經風靡過的神話，以難以置信的速度，消失在人們的視野中。我記得，在「招魂」之後，有人提出「英雄」，再來還流行過「時代」、「創傷」、「我們」……，我不知道接下來，還會有什麼「計劃」出現。在這樣一個現代時空，魂魄啊鬼魅啊這些東西，終究是要被驅散的。更何況，這個「招魂」計劃，完全是由一紙殺人犯的遺書，哦不，是情書，所啟動的啊。

6.

許多年過去，我仍不時想起二〇〇九年的夏天。說想念，或許並不精確，而是帶著恐懼，感傷，遺憾，種種的複雜感覺。

那是在文學院演講廳，孔老師「傳統儒家禮儀與生命教育」的課上——那是整個大學生涯中，我最喜歡的一門課程。這麼想來，我似乎和大家有很大的不同，甚至有同學說，「你根本喜歡自虐。」總之，我非常喜歡孔老師的課。雖然他語速慢，脾氣差，給分又不甜，時有重男輕女的言論（他並不自知）……，這些無損於我對他的喜歡。怎麼說呢？我喜歡他慢條斯理的，用低沉語調講解古遠禮儀。我無比著迷於那些繁複瑣碎、於今無用的老舊細節。例如喪服，按照社會地位或與死者關係的親疏遠近，詳列出不同的服飾搭配例如「牡麻絰，冠布纓，削杖，布帶」等等；又或者，婚禮上新郎新娘該怎麼移動，如何上下堂、禮拜，父母又要怎麼站、怎麼受禮之類。有時我會想：其實我喜歡的是禮儀而非孔老師吧。但當我自己借了《周官》或《儀禮》來讀，卻怎麼也看不進去。

那些文字都已經死了，不只枯槁，而且支離。我想，字之所以能夠重生，是因為孔老師的聲音吧（那裡頭有孔丘的複調？）。他好像將時光錯置了，將我們重新安放於那個隆重盛大的「禮」的現場。

然後就到了那一天。

我一出演講廳，便看見孔老師滿身是血的倒在草地上。我聽見有人在疾呼，有人在哭泣。有人拿著手機拍照，有人報警。有人說，是除草工人忽然抓狂，拿小鐮刀朝孔老師的頸子砍去；又有人說，是那個常在校園徘徊的「NPC」幹的，「早說過要連署把她抓去關」……

孔老師被送上救護車後，人潮散去，雨終於落了下來。

整幢文學院，像是飛船航駛進一道真空結界，所有人、所有聲音都「砰」的消失了。僅留我一人站在雨霧之中。奇怪的是，那一刻我深深意識到，我身處一個悠遠的夢裡。那與我過去所做的夢不同——那不是我的夢，而是別人的夢。不，應該說：我是別人造出的夢。那時，有個女聲反覆催促我，要我去打破一扇窗子。我立刻滿手是血。我手上多了一把刀。那女聲又說：「談談你自己……」

有個力量撬開我的嘴，鼓動我的舌頭。我唱起那首我從沒聽過的歌：

海水泱泱，挾民族之輝光；沈鄭遺烈，於今重矞皇。

民權保障，憲政提其綱；民生安泰，氣象熾而昌……

我想起曾做過的夢。我夢見過的，所有模糊面孔。
然後，我抬頭往芭蕉樹梢望去。
二樓的窗臺邊，空無一人。

溫城繪測

親愛的白。總是黃昏時分，你如一場盛大的遊行歸於沉寂。你攜帶著滿身塵埃，回返我們索居的小城。這小小的城，彷彿總是下著雨的。而你疲憊與我對坐，輕聲的，穩定的說話。你的比喻我總記得，譬如你說，巷弄裡的風景彷彿臨時搭建的舞台，舞台上的演員定期改換。你列舉：譬如脾氣很差的夫婦開的麵館，老敗的網咖，譬如充斥學生年輕荷爾蒙的鍋貼店，小火鍋，熱炒，炸雞攤，生意極差而永不倒閉的鐵板燒，港式料理……。唯一不變的，是你總坐在我的對面，喊著累，而瞳孔裡仍住著神，隱然發光。

那是你病後的第二年，斜陽映在桌面，刺得我倆睜不開眼；而你在那臨暗之際，總會打起響亮的噴嚏。你會千百年如一日的抱怨起，從秋山下來的漫漫途程，又遇上什麼麻煩（山上的「名人故居」，是你畢業後的第一份工作）。有時，是公車司機過站不停（「也沒有客滿啊。」你一次次喊著要投訴而又心軟，「可能我太矮，剛好沒看到吧。」）有時則是半山腰的貴族小學，舉辦家長會，運動會，園遊會，總有一千種理由，將那原只能讓雙車勉強通過的山路佔滿。搭不到車，過不了路，你遂不只一次，與同事走路下山。卡車驚險從你身邊飛馳而過，你的衣角彷若蝙蝠，在晚風裡噗噗拍動。「那個路段很常發生死亡車禍啊，」你說，「仔細看，每一盞路燈下面，都站著一隻斷手斷腳或斷頭的鬼。」你調轉手機，流暢點開路程與熱量換算的APP，「新推出的哦，我們主任推薦我的。」你毫無違和的讚嘆起這樣一趟山路步行，可以消耗多少卡路里。

「你要小心車啦。」我像是一個多慮的，陰晦的父親，總是記起新聞報導裡那些與死亡有關的名詞：「內輪差」、「視線死角」、「道路陰影」……，我總是悲觀的想，脆弱如你（我摸索過你的骨骼，你的肉身，你的臉），發生意外，一次就毀滅消亡的機率。我幻想過無數次你的死亡，而你總能無數次穿越那些劫難，回到我的身邊。你搖晃著的腦袋，坐在溫城的樣子，那麼平凡。平凡得像只是去便利商店繞繞逛逛，如此日常，而又如此歷劫歸來。

我好喜歡看你疲憊的樣子發呆。看進你的眼睛，你的瞳孔。我想像你見到的山路，夕照，街景。我臨摹著你的疲憊。你的病痛。我喜歡你毫無防備的，對我展示脆弱的樣子。有時是不堪。憂慮。亦如此刻我對你做的。你是不是和我一樣呢？親愛的白，你是否也喜歡，如我喜歡我們對坐。而你也觀察著我的面容，「你皺紋愈來愈多欸，你到底在煩惱什麼？」你習慣用細弱的手指，推開我緊鎖的眉頭，「但還是好可愛哦。」

親愛的白。我該如何向你描述，眼前的這片光景？像是結凍的湖水。像新雪。像是未及書寫的白紙。像是無限迫近的彗星……，那是世界的終點嗎？又像是你：淡漠冷冽的光源，白晃晃的讓我想起那些年看過的，一場又一場或實或虛的，過曝的花火。

讓我們重新開始。

那是十二月三十一日之A，我提議，不如就到秋山上去，找間民宿窩著。起誓不看煙火，不看TV秀，不看錶。你說，好啊，奉陪。我們就到租車行，填寫簡單的表格，按押證件，租一輛半新不舊的摩托車。那時，我們初初成年，曖昧時代，你比我還要勇敢一些。那是我的第三次上路。你抱緊我，穿過那一盞盞枉死者的街燈，傷感的視線，深暗的山中。你貼得很緊，我感受到你的心臟怦怦跳著——我騎得很慢很慢，彷彿護衛著最深密的宇宙之心。小屋陪著我們在寒冷星空下靜坐，不遠的山坳有滾燙溫泉的白煙浮昇。我指認那像是一場無聲的煙火。你說：「想太多。」你又說：「好像沒有很冷。」我嚴肅的回覆：「你說真的嗎？你是不是冷到傻了？」

又不知過了幾年，那十二月三十一日之X，我們只是深陷房東太太棄置於頂樓的破沙發，眺望不歸整的天際線。我們感受，並描繪，那即將發生的什麼。那是溫城裡步登公寓的樓頂，我們俗氣啜飲啤酒，腳下就是我們的小城。沙發旁有亂雜的，廢置的粗黑電線，頭頂則是住戶栽植的瓜果藤蔓。那盤根錯節的一切像是時間。我們會先聽見樓下的年輕人，放起鞭炮，大聲倒數：「五，四，三，二，一——」而後時差那樣的，隔了一兩秒才看見遠方高樓噴發光焰。高樓掩埋在迷霧之中，一年就這樣過去。我們行禮如儀，請彼此多多指教。我們問候著即刻到臨的年，「你好，新年。」「新年，你好。」真感覺有一股看不見的風，在廣袤巨幅的刻度上，迫使我們往前移動了一些。那一年，又一年，在白光之中坍塌成一團宇宙裡的灰煙。

或者，那又像是燈塔的光照，投射於荒涼如海的身體。那是我們一同奔赴過的，你外祖母還活著的時光。關於東岸的濱海小鎮。關於燈塔。你說，那是你此生認識的第一起死亡。我們坐在堤岸上，看海，將一塊塊渾圓好看的石頭，堆疊成小塔。我打起水漂。而你怎麼也打不好。只好躺下來，將白晝躺成黑夜，躺成漫天星斗。世界彷彿靜止了，只剩下潮汐來回淘洗，將我們洗滌，也掏空。你談起小時候，在我們身後的燈塔裡，住過一個濃重鄉音的退休老兵（你幾乎只聽懂一些髒字）。長輩們都告誡，不要接近此地，此人「看人的眼神怪怪的」。村人們都說，那燈塔管理員的工作精明，導航也從未出過紕漏，只是個性非常古怪。

據說是年輕時，老人在臺灣娶的老婆跟別人跑了，他遂厭惡起這座島，連帶厭惡起島人。兩岸開放後，他也不回去，就這樣一輩子看顧著燈塔，守著異鄉的陌生海域。他異常沉默，鎮日待在燈塔狹窄的房，只有絕少時刻，會搖晃著蓬亂白髮，踩藍白拖，步出燈塔。不知道他都吃什麼當作午餐？不知道他如何度過那些百無聊賴的時光？你說，老人出現在村子，只為了買菸。買生啤。買黑松沙士。買曼陀珠。但就是不嚼檳榔。你還知道，通往燈塔的邊坡上，他用漂流木圍出一塊小小的園圃。園圃裡種有野菜，還有幾株枯瘦極了的玫瑰。

另一件事，他被一名高中男生控訴性騷擾。

你曾見過他在防風林裡赤裸著上身，靜坐，喝酒，簡直要融解於那灰暗景色。你形容，那沙沙沙沙、沙沙沙沙的風響，就好像他站在沙漠裡，極緩極緩的下沉。

有一日，村裡的報馬說，老人死了。

死在燈塔的小房間裡。

你是第一批趕到燈塔的人。你看見幾個壯漢，將他抬了出來。你說：「躺在那裡的他的表情很安詳，身體很柔軟，好像這一生從未有過的寧靜。」你說，燈塔是他此生最後的房間，是棺木。你望著眼前無垠的海，像在哀悼著，觀臨不存在的葬禮。後來我總是想著，少年的你，乃至後來對我講述這件事的你，是否已預習起自己的離去？我轉頭望你。你發現我了。你捧著我的頭，輕輕地啄著我。啄我的嘴唇，我的眉頭。

我看進你的眼睛。你眼睛裡有海，平靜無波。

總是那些時刻，讓我輕易的聯想起死亡。死亡是否也如此毫無波濤？彷若時間那樣輕柔，侵蝕一切，征服一切。我注視著眼前光點，晃散著模糊的光暈。那又像是月亮。我想像那裡，會不會也有一座燈塔，照射我荒涼如海的身體。

我們都喜愛座落於這溫城裡的步登公寓。但我們絕少在這房子裡做愛。因為是頂樓加蓋，窗外常會有住戶移動的聲響。雖有簾子遮擋視線，卻阻隔不了聲音與氣味。以至於，在你的房間裡，總會聽見孩童玩耍奔跑大人呼叫，或者房東燒紙錢的氣味飄進來，乃至他太太在陽光下，持竹桿敲打棉被的規律聲響。甚或有一深夜，我們聽見窗外有哭聲。你探頭出去，發現竟是隔壁的ＯＬ女子，提著破碎的酒瓶，正在對房東栽植的作物施暴。你說過，我們的房間根本就是一座廣場（我想起某些影片裡處刑示眾的空間），差別只在於多了一扇虛設的門。絕少絕少的一次性愛，我記得，是我們終於下定決心，從網上「大安出清」社團，搬回一架二手的除濕機。我至今仍難以說明，為何「擁有除濕機」這件事，會點燃我們的性慾。那運轉著的機軸，一點一滴吸收著水氣的濾心，滿是磨痕的機體，乾燥的房間……，你的手指鬆解我的眉頭，撫弄那些皺褶，彷若鎖匠把玩精美的鎖。

你說：「好燙哦。」

親愛的白，你還會記得嗎？關於那燙手的眉心。關於除濕機。關於煙火。關於被夕陽染紅的雨季。關於吉屋出租的麵店。關於我們狹仄的頂加小房。親愛的白：那是加羅林魚木盛開的時節，我們漫步在溫城之中。你說，這條街對你而言，並不像是一條街，更像是一座城。你說，「街」會讓人想起線性的通道，彷彿是連續性的，均質的空間。你攤開一本名為《城市的意象》的學術著作，指著其中一段朗讀：「『通道』是觀察者習慣、偶爾，或未來可能會沿著移動的途徑。它們可以是車道、人行道、大眾運輸幹道、運河、鐵路。對許多人來說，這些通道是他們意象裡的主要元素。人們沿著通道觀察城市，其他環境裡的元素則是沿著通道排列並且相互關聯……」你總是喜歡朗讀。你說，聲音讓你感覺到存在，而不那麼孤獨。

但我還是要說：「看不懂耶。」

你皺眉：「什麼看不懂？」

「什麼是意象？」我問。

「意象就是概念啊，」你想了一下，試圖解釋：「就是心裡的想法。」

我追問：「什麼是概念？」

「你好煩哦。」你笑著說：「好吧，其實我也沒很懂。」你好快就放棄了。

你說：反正不是「街」，我要叫它「城」。

「溫城。」

就叫「溫城」。

親愛的白，你說：溫城。於是那一天起，就有了一座城。

溫城是每一張地圖上，都找不到的城。

我們必須不斷說話，彷彿《一千零一夜》裡滔滔不絕的山魯佐德。你說，然後輪到我說。我們不斷說話，才讓這座城得以存在。如我現在所做的，也像是你在每一個黃昏所做的。我們必須用話語，一點一點的，築構這座小小的城。

我從虛無抓捕磚瓦，你以話語焊接鋼鐵。

你說：「溫城。」於是，我們就有了溫城。

「欸，換你了。」你拍拍我的手臂，迫不及待的要我說說，我腦海中的「溫城」，「溫城裡面還有什麼？」

「幹，到底什麼是意象啦？」我問。我說過了，我不是真的不懂。我只是想要看你苦惱，看你也皺起眉頭。

你說：你先閉上眼睛。

靜下來。

想像一座城。我聽著，閉上了眼。

你想到了什麼？你想像溫城裡面，會有什麼？

我想像。我說。

「我們的城，沒有君王，」我說，「我們兩人都是君王。」我們有最寬鬆的律法，最小規模的經濟，還有最不事生產的牲口。你接著問：「什麼樣的經濟規模？日耕夜織？」「不對，不是那樣的東西。」我指著吃力運轉的除濕機，「就是那一台。你聽，轟隆隆隆，轟隆隆隆。它就是一切勞動。」

「溫城不只是空間，也是時間。」好了，輪到你說，溫城裡面還有什麼？你說。我們要讓這座「城」成立，必須給它以時間，以歷史。歷史是比什麼都還迫切的事。「歷史是什麼？」我提問。「你不要找碴。光問一些沒辦法回答的東西，好嗎？」你說。

親愛的白：於是我更簡單的設想，關於歷史，關於你。不只是關於溫城何以為溫城，更關於我們之所以為我們。你的一切，溫城的每一天，就是我僅有的歷史。關於歷史，你總覺得，我太過悲觀了一些。或許是因為，當你讀出「歷史」二字，總像在不斷提醒我，關於我們那不可能的未來。我們相愛，但我們不會有孩子。我們不可能，送孩子上幼稚園，不可能牽著他們的手，走過十字路口，為他們指認溫城裡，那些安靜的動物與花樹。

溫城有我們，但不會有我們的未來。

你說：「有什麼關係？喜歡小孩子的話，領養就好了啊。都什麼時代了？就好像，我的病也早就不是絕症了……」你支著下巴，隨意滑動手機，一點都不理解這個問題，「別想那麼多。而且我們可以養貓。」你傳來一頭雪球般的小貓，你說，我們可以養這個。我笑了，直說好可愛哦。但我仍「想不開」。不，我想跟你說：那不一樣。你也明白的。我和你，打死都不相信有「來生」這件事。我們鄙夷一切「來生」的想像，而認定，那只是怯懦的，對於此世困厄的屈降。

但是，如果在「我們」的時間裡，缺少了未來，我們仍可以相信歷史嗎？我們仍需要歷史嗎？

親愛的白：有一陣子，你常把「歷史」兩個字掛在嘴邊，彷彿那是你念茲在茲的夢想。溫城裡有多處荒廢的老宅，更多是爬滿藤蔓的高聳的門。我們不知門裡面有些什麼，每一扇門對我們來說都是一道謎題。即便你鼓起勇氣敲門，回覆你的往往只是空洞的回聲，滿樹蟬鳴噪響。你踏查我們的城，推理每一幢建物最初始的樣子。你記錄門牌號碼，搜索它們的身世。你會忽然在某一扇雕花的窗前站住，嘆息，彷彿若有所思，「這棟房子是什麼時候蓋起來的？」你說，你在一本名為《廢宅生活》的書裡，讀過似曾相識的建物，「這棟建築我見過。那些擔心被監控的女人，往往就躲在這種雕花的窗子後面，往外面看……」

你在我們的頂加房裡，掛起一幅溫城地圖。那是你親手繪測的疆域。在空曠的紙面上，你漸次填寫，那些名之為「歷史」之物。譬如溫城十六巷。16號。曾住過音樂大師。你寫上他的生卒年與生活事蹟。你在某校校史館的文物收藏中，以該音樂家的姓名，查詢到「職員宿舍圍牆越界案」的文件。你拉引出一條註腳，將那封文件的出現時間（一九七八年）標註其下。音樂家的鄰居是國畫家。兩家住得極近。溫城十六巷。17號。你翻找出音樂家自攝於自宅的家族合影，考索站立在他們背後，那些植物的名字。你甚而從它們的樹語花語，研判主人可能是個怎麼樣的人。當然，你亦不會忘懷那住在十八巷的哲學家，十八巷（死前一年被迫遷居）的文學人，或者五十一巷離世未久的人類學者……

總是黃昏，我們對坐在巷口的米粉糠店。雨水叮叮咚咚敲在塑膠棚子。你望向那被雨水圈繞，一片朦朧迷離的街道，談起在名人故居的那份工作。你說，原以為故居和溫城一個山區一個平地，有很大的不同；誰知下起雨來，兩者竟出奇的相似。「那時才認知到，無論是秋山或者溫城，都是在同一只盆子裡，」你說：「就像孫悟空走了三萬六千里，仍翻不出如來佛的手掌心……，我們都被困在同一只盆子裡。」

溫城和秋山，都帶給你恍惚的時差感。你說。它們沿途有公車站牌，有網咖店，有全日開放的超市，但又同時並置著老樹，荒蕪的廢地，土地公廟，老宅，遺址，無主的軍眷住宅……。

你說，或許溫城就是一間大宅邸。一座「故居」。

不知道為什麼，我腦中浮現的，是你家鄉那一座荒涼的燈塔。

親愛的白：你總是愛談「溫城的故事」，甚至，恨不得親自動手，為這城寫一套上百冊的書——你說，故事就是歷史，歷史就是故事。故舊之事，故人之事，故地之事。你還笑著說，那當然也包括此地發生過的，種種「事故」。當你這麼說時，我總會略感不堪的自嘲，我們二人會不會就是這溫城裡的「事故」？無論如何，我們就是這溫城裡，最最邊緣的住戶吧。不是嗎？未來有人為溫城寫史，真會為我們這兩個「外來者」記上一筆？我們不過只是，暫留此地數年，拍拍屁股走人的過客。

在溫城的歷史裡，我們沒有過去，也不會有未來。那是我們的「溫城時間」。

親愛的白，你還記得嗎？大學時代的最後一年，我同你在校園周邊，看了多少間房。那時期中考剛結束，我們花費好幾個週末，爬上爬下，面對古怪房東，老舊樓梯，被各種糟糕透頂的屋況嚇到絕望。有一次，你終於下定決心，在汀州路上找到一間生活機能便給，價錢也合宜的房子。我們早上看過，晚上再來，凡此三日都沒問題。你與房東相談甚歡，即刻付了訂金。誰知搬進去後，你才發現每到半夜，就會有個老頭按響電鈴，說要收垃圾。你向房東抱怨，房東只會裝傻，說那個人也是住戶，他管不了，「要不你就直接報警吧？」你苦笑著認賠搬離時，仍搞不清楚那老人是不是鬼，只知道那房子無論如何就是一幢鬼屋。

畢業後，我們才真正走進溫城。大學期間，我讀八公里外的山城大學，來公館找你時，你當然也常帶我在溫城晃蕩（那時「溫城」還不是「溫城」）。我們對溫城的印象，只是書店，甜點，公園，還有一株巨大的笨拙的魚木。只有當你在這裡找到房子，將床具家具都搬運至這步登公寓頂層，當我們漫步在那黃昏的雨中，溫城才從你的舌齒間浮現。

畢業後，我來到公館讀研究所，你則毅然放棄升學，選擇工作。你說：「我還有很多事想做。」你配合我，在溫城租屋。那也是我們同居的開始。我們最初，都只是喜歡此地居民單純，離捷運站近，通勤也方便。

親愛的白：是你讓溫城終於成為了溫城。

如今回想起來，我仍覺得，溫城太靜了。彷彿有個結界，將整個溫城圈限成小小的自足的生態系。你也曾說過，這裡太過單純了，單純得讓人懷疑，一切是不是造假。你說，溫城存在著某種形式上的「近親繁殖」——在溫城裡生活的人們，彷彿都有一層潛藏的人倫關係。譬如有一天，我們發現，獸醫診所護理師的丈夫，正好就是藥房老闆。而那超商店員，有一天竟騎著影印店的機車。或者在公園玩鬧的，穿著制服的孩子，紛紛走進洗衣店裡，喚那看守的老頭「二伯」之類。

這是我們的溫城。溫城讓我們屏棄世界。得以更加專心的，去觀察，琢磨彼此。彼此的心：日日夜夜，我看著你，而你亦看著我。我們沒有任何爭吵，沒有磨損（是你隱忍了，還是我習慣了？）。但你會逐漸發現，我眉頭上的皺褶不是可愛，而是久居學院的腐舊刻痕；而我也會注意到，你在黃昏驟雨中的低聲抱怨，不再是對世界的憤怒，只是漫無邊際的牢騷。我們都沒有說出口，我們靜靜的讓時間通過。我們跨坐在溫城的邊緣，仍在每一個十二月三十一日去看那跨年煙火。即使明知，那將是一次又一次盛大的海市蜃樓。

關於海市蜃樓，我有時會想，那就是歷史。

親愛的白，對此你想必不會同意吧。

我仍記得，你對溫城歷史興趣正高漲的那一時期，曾拖我參加一場溫城居民的聚會。

說是聚會，其實並不精確，總之邀請函就那樣貼在我們的房門前。那是一紙粉紅色的廣告傳單，上頭寫著：「尋訪消失在歷史迷霧中的霧里薛圳：第三十九屆里民大會暨聯誼活動」，下方則註明時間和集合地點，還附一張報名回條。至今我仍不清楚，那傳單究竟是誰貼到我們的門前，只能推敲可能是熱衷登山的房東，鼓勵我們假日時多出外走走。你拿著那張傳單，將自己摔到床上，一邊對照著在Google上輸入：「霧、里、薛」。

忽然，你拉著我的手，從床上跳了起來。你說：原來溫城曾經有水流過。你恍然大悟那樣的，說起你大一那年第一次走進溫城，就感覺與此地特別投緣。是屋舍的樣式，路樹的羅列，還是某種抽象的氛圍，讓你有這樣的感覺？你一直說不清楚。直到那張傳單，讓你重新發現了「霧里薛圳」，才明白那「回到家」的錯覺，並不是地表可見的店家或人群，而是那早已消逝於歧路巷弄間的水道。你憶述起，你那東部濱海小城，有條湍急溪水從村外流過。外祖母常蹲在水邊，洗衣服，洗內褲，洗包肉粽的葉子。有時也洗神像，洗娃娃車，洗自己的頭。你向我描述，彷彿那一滴滴的水，流淌過你外祖母的髮絲，流向田溝，流進溪河。我總有種不可思議的視覺感，彷彿那大海，也成為了你外祖母白髮的延伸。那荒涼深靜的海我已見過，卻還未看到你說的那河流。你說，晚些時候，帶你去看看我外祖母的墳，它就在那河岸旁的山丘上。

週六午後，我們循著指示，在台電員工宿舍後方集合。我們抵達時，魚木底下已站了二十幾人。那彷彿整座溫城的人瑞老者蜂湧而出，平均歲數恐怕有七、八十歲之譜。他們像是剛從公園裡打完拳練完舞，彈性長褲，運動鞋，鬆垮的T恤，後背濕了一整片。他們的視線，很快就掃描、過濾出雜質般的你我。他們壓低聲音，卻又像是刻意讓我們聽到的討論著：「那邊兩個年輕人是誰？」「要不要問一下里長？」「搞不好是來拉保險的……」所幸這一話題，很快就讓老人們失去好奇。他們更關心的，當是活動結束以後，可以獲取什麼「神秘小禮」。他們猜想，大概又是洗碗精或者手工皂之類。有個老婆婆則說起，近日流感大流行，如果送酒精、口罩或洗手乳，就「太貼心」，「下次一定讓他連任！」

「Test、Test，各位里民好哦，請稍微聽到我這邊……，」刺耳的雜訊中，里民們轉過身去，看見一個穿著花襯衫，粗框眼鏡的男生挺胸站著。身旁另有個嬌小的女孩，為他提著大聲公。男孩說他姓蘇，女孩則姓洪。他們是某大學城鄉所的學生，因為論文預備做溫羅汀地區的城市規劃研究，蒐集了不少歷史資料。指導教授和里長是舊識，聽說了這一活動，便推薦他來帶領里民踏查。「我一定沒有在場的大哥大姊那麼懂，希望大家可以多多給我批評指教。」

他指示里民移動到溫城公園，等待著人們在涼亭下就座。他跟在人群後頭，和排在隊伍外部的我們走在一塊。「你們是學生嗎，怎麼會過來？」他側身微笑，大概只是因為我走在他的旁邊。「對這個有興趣嗎？」

「對，」我說，「週末剛好閒著。」

「有什麼建議盡量告訴我啊，這是我的第一次。」他笑著說，「這個地方很有趣啊。」

待里民就定位（涼亭座位剛好坐滿，我和你便站在一旁），蘇同學朝我們這裡看了一眼。我也點頭回應。他清清喉嚨，開始了他今天的解說。或許為了配合台下觀眾的年紀，蘇同學的語速非常慢，講解的內容也很平順。他從溫羅汀地區的舊名「水道町」講起，談及日治時代的「堀川通」，直到一九四五年，才改名為「新生南路」。「從這些舊地名，就可以看出『水』曾經是很重要的地景。」蘇同學說，或許有些大哥大姊知道，以前走一輪「新生南路」，會經過十幾座的石造矮橋，水道旁還栽植垂柳，「以前的居民，真的是跟河流生活在一起哦。」而後，蘇同學又出示了一張照片，是一輛轎車摔進長滿雜草的大溝裡，有眾多路人圍觀。「很難想像吧？這也是新生南路。」

後來你對我說，光是從蘇同學的眼神，就能看出他對溫城的熱情。然而，里民們卻不領情。他們一開始還基於禮貌，裝作饒有興致的樣子，但彷彿光是辨認「新生南路」的舊貌，就足以讓他們氣力放盡，哈欠連連。蘇同學大概意識到這一點，便提議休息一下，待會就去看看「霧里薛圳」的遺址。洪同學起身，給參與的里民，都發了一張Ａ４大小的紙。我們也各分到一張。

「來，大哥大姊，你們試試看，能不能把上面的老地名，和現在臺北的地名連起來？待會要考試哦。」蘇同學說道。

親愛的白，在我沒注意時，你已讀起那紙上的文字。喃喃唸誦，彷彿入了神。你拉著我離開人群，躲進公園中央的石造溜滑梯下方。你盤腿坐著，兀自朗讀起，那段《淡水廳志》的敘述：「內湖陂，又名霧里薛圳，在拳山堡，距廳北一百餘里。莊民所置。其水由內湖溝仔口、鯉魚山腳築陂鑿穿石門過梘尾街、後溪仔口、公館街後通流，灌溉大加蠟西畔古亭倉、陂仔腳、三板橋、大灣庄、下陂頭及艋舺街一帶等田七百餘甲，至雙連陂為界……」你很聽話，將內湖，梘尾，公館，古亭，艋舺，雙連等地名一一畫線。你拿出筆記本，對照著手機上的搜尋內容，將「拳山堡」、「大加蚋」、「陂仔腳」等陌生的語彙抄錄下來。你興奮得像是獲贈玩具的小孩子，只差沒有手舞足蹈。

太好了。你說。你說：「溫城裡又多了一些什麼。」

雨落下來了，蘇同學的大聲公吆喝起來。老里民們紛紛打起傘，動身尋找那「霧里薛圳」的遺址。洪同學走來詢問情況，我跟她說，我們待會就跟過去，請他們先走。她離開後，雨下得更密更急，很快就將公園封鎖起來。我們躲在溜滑梯下方，彷彿是這世上唯一平靜之處。微風掀動雨水，砸落到我們身上。親愛的白，當你辛勤筆記時，我什麼忙都幫不上。我只能在一旁滑著手機，陪伴你，想像你的心境。我靠在你的身旁，聽著雨聲。

那是我第一次覺得，我們可能擁有這座城。我們可以擁有「歷史」。

親愛的白：你說，你要將我們在溫城中見到的每一件物事，都編撰為辭條。那並不只有我們喜愛的，也包括我們厭惡的。例如你討厭外顯的冷氣裝置。討厭飲料店。我討厭發出惡臭的水溝。討厭蝴蝶。那就像我們的每一天，無論是善或惡。那就是我們的一天。每一天的造句練習。我們抄寫。我們記錄。我們翻過圍牆，就讓溫城生出一幢荒蕪古厝。我們打開抽屜，翻出一只破碎的沙漏。或者在某條窄巷中，努力辨認聯上的題字，你一字一字的念誦：「思鄉遙隔三千里，島北偏安五十年」……。

親愛的白，你曾跟我說，我們不會有孩子。因此，如果什麼都不做，這一生走到最後，我們終將只能擁有彼此。「那會有多討厭啊。」你殘酷的說。所以我們才需要歷史。或者說，「歷史需要我們。」我想起，你曾說過，溫城如果是夢中的街衢，你想要在每一家戶邊栽植果樹。那就更完美了。我看著在疲憊工作之後，仍熱忱擘畫著溫城的你，我也感到開心。即便那一刻，我仍不知曉你是否和我一樣，懷抱著某種哀愁的預感，就像是一園果樹中隱然敗壞的那一株。我們優游樂園，卻已預視著那伏藏於時間中，必然的毀壞。

但是無妨。我們花費了兩年的時間，去紀錄溫城裡的植物，又花費兩年，去錄存動物。你說，我們是這個時代的博物學家。為此，你在手機下載了一個名為「花語」的ＡＰＰ，對路邊不知名的植物攝像。讓它進入大數據的運轉，辨別是哪一物種。你還為此，加入了臉書社團譬如「路上觀察指南」、「我愛園藝」等等，向那些博學的阿姨叔叔討教。但溫城像是一座迷宮，我們花費愈久的時間探索，它就展延出更為寬廣的面貌。而那「寬廣」接近無窮。

萬物都會消滅，語言當然也是。但那個劃記的片刻，是不可質疑的。

「我覺得用文字紀錄溫城，真的很傻。就像是刻舟求劍那個故事，」你說，「明明知道船隻河水流都會推移，為什麼還是要固執地在船身刻下記號呢？」你說，我們不可能找到那把失落的「劍」，但那些刻痕都是真的。那些失落的時刻，也是真的。「如果說，刻舟是為了求劍，那麼我所刻鏤的，也不該只是虛無。」

親愛的白：我在學校圖書館裡，借過不少關於街道規劃和都會史的書。對於地理學，我完全是一個外行，但那不也符合我們，作為一個溫城「外人」的身分嗎？我找到一本名為《臺北街道漫遊》的書。出版時間為一九九一年。其中一章節描繪的，就是溫城。即便照片裡的街景有很大的轉變，不知何故，我們一眼就能認出，那就是溫城。對照著解析度不佳的圖像，我們發現，洗衣店，牛肉麵店，乃至某家普通的咖啡店，竟都存活得了那麼久。你說：「都可以當我們的爸爸了。」

親愛的白，在這「溫城故事」的最後，是千百年如一日的黃昏雨。我如常在我們的頂加小房，聽著音樂，讀書，並擔憂著你的死亡。

而那一日，你果真沒有回來。

彷彿體檢結果出來那天，我們如常在公車站牌見面。你說：「對不起。」便抱著我哭了起來。那也是一個陰晦的黃昏，我撐著傘，站在雨中好久好久。

你離去後，我在我們的房間續住下來，直到新任市長要求徹查所有違法「頂樓加蓋」。房東始終沒有說什麼，也很爽快地退回訂金。他沒有問起你，不知他是不想觸碰隱私，或者根本當你從不存在。親愛的白，我喜歡你的疲憊，喜歡你在疲憊中，仍願意為我朗讀。在你消失的前一夜，你捧著一本書，如常在睡前為我朗讀一段。你讀：

我一面前進，河面似乎為我雕刻出一條道路，從擁擠的城市中心劈開，列出一條不規則的狹小隙縫，兩旁高大的房屋有摩爾式的小窗戶。這位神秘的嚮導好像一直秉燭為我指引方向，以一束光線照射出前方的通道……

你說，詩人能在水面寫字並不稀奇，在河道雕刻道路才厲害。我想著，那不就是你的溫城繪測嗎？親愛的白：我想起你曾給我看過的《城市的意象》那本書。你說：通道。區域。景觀。「水道町」。你說「霧里薛」。「溫城」。無論改換多少地名，多少場景，我只記起你說：閉上眼，然後想像，告訴我，溫城裡面還有什麼？我們說話。我們提筆，記錄這座小城。那讓我們可以一次又一次的，回到原點，回到這個地方。

我們可以重新來過，去思考什麼是記憶。什麼是歷史。有時我會佇立在某塊招牌下，想起你曾告訴過我的，那些碎片般的故事。你說，有一次，你一個人在溫城裡散步，忽然就好想去公園裡玩。你走進公園，爬上溜滑梯，再滑下來。你感到滿足，回家路上還多買了一把青菜。是這樣簡單的描述，就讓我深感幸福。

有時仍會想要和你一起走過街頭。

看著眼前的白光，我會想，這是怎麼回事？我是不是瘋了？但當我想起你老家的那座燈塔，那片海，想起溫城裡我們見證過的，盛開或枯萎的花樹，被青苔侵蝕的老房舍。生生死死，都是殘痕。我有時會想，如果讓時間繼續往前，而不只停滯在那場黃昏雨裡，我們會走向哪裡呢？

好了，我要回到我們的溫城裡了。

那裡有我，有你。有下著雨的街道，無止盡的黃昏。而我，正倒數著你的離去。當你問我，「溫城裡面還有什麼？」我願意為你重新講述，彷彿你仍坐在我的對座，用手指輕輕鬆解開我的眉頭。或許，我該閉上眼，再想一想。我應該將按鍵交給你，讓你選擇是否取消這座不存在的小城，或者讓它就在沉默與遺忘之間，逐日傾圮荒蕪。

附錄　寫作緣起——歷史的毛邊

想我初習小說時，溫州街的書店可謂我輩小文青「朝聖行」必經之地。我的那群年輕的寫作朋友們——就好像《西遊記》裡，容貌崢嶸、每一分筋肉皆脹滿荷爾蒙的怪異隊伍——總愛在某個無課（或蹺課）的午後，搭乘236或530，一路從指南路晃盪至溫州街。當然，我們都如此貧窮，以至每回購書皆是掙扎——那不只意味著錢財的短缺，而是更切身的：因為這一兩本書，必須縮衣節食了。在這個意義上，年輕時的藏書總帶點犧牲的意味。那彷佛一次次細小的「割肉餵鷹」，為了深宏（卻無人知曉的）佛法積攢——即使，那很可能血本無歸（大半時候血本無歸）。

這部小說的起點，即是那樣無比匱乏（卻又豐饒？）的漫遊時光。

然而，我想記錄的，並不只是年少的情懷，或者某種蒼白的「一名年輕藝術家的自畫像」。我想寫一部小型的《儒林外史》、或者博拉紐《狂野追尋》，此代青年的傷害與耗損，狂喜與憂患。我不想輕易採取鳥瞰視角，更不願粗暴的設立編年。我要走進巷道，穿過霧一樣的陽光，感受真正的迷失。「人人都可以說上一段他的『溫州街時光』……」這是駱以軍的話，對我而言，溫州街確是一透明的培養皿，封存著恆定的季節；豢養草木、單車和行人，豢養寧靜的風和雷雨。這並不是說，溫州街是一成不變的；相反的，寫下這些文字的此刻，記憶裡的地景與人事已發生諸多遞變。

這正是我選擇以小說（而非散文）這樣的文體，試圖靠近的「溫州街時光」。這將是一部小說集，篇章間互有指涉，形構一幅「看不見的溫州街」畫卷、虛設的地方志；小說中主角並非個人，而是我所在的街道。選擇「溫州街」，絕不只是致敬。這部小說不會亦步亦趨、猶如歷史小說回望過去；相反的，我想像中的溫州街，應具備某種超越時空的神性。我想起宮本輝《夢見街》，那同時存在過去當下未來、乃至於「不可能的可能」的夢中街道。我想起那些古怪而迷人的街景漫遊：例如廖偉棠《十八條小巷的戰爭遊戲》、路內《花街往事》，甚至浦澤直樹《二十世紀少年》或本雅明「拱廊街計畫」……。我希望這部小說，不只是靜態的文學歷史，更可以敘錄這條街的眾生相。

或許，從八年前第一次造訪，就開始了我的「溫州街計畫」。十九歲的我，不會意識到自己有一日，將來到週邊生活，無從知曉，我將在此與誰相遇，並和賃居溫州街的情人永遠告別。

活了那麼久，好像只應驗那一句話：「我唯一知道的，就是『我不知道』。」

只有溫州街還是溫州街。

碩二那年，我曾協助系上編撰「系史稿」。我從龐雜塵封的課程列表中，重新認識「老師們」的青壯時代：先是臺靜農和許壽裳（民國36年），然後是鄭騫（38年），胡適（45年）、葉嘉瑩（48年）、林文月（49年）……，現代文學，要等到聶華苓的現代文藝（52年），接著是王文興（54年）要登場了。在那樣大量資料的爬梳中，我彷彿能夠想像，師長們也曾漫步溫州街，他們可能在某一樓房棲住，在另一街角的樹下漫話……

二〇一二年，中文系流傳一件大事：被國民黨列為禁書而消失多年的《大學國文選》，竟在淡大的圖書館重新「出土」了。該書在註銷邊緣，被一位檔案所學生從書堆中救回。前些日子，我赴幽暗的臺大校史館調閱這本失而復得的《大學國文選》（還被管員刁難一番）；因為長年保存不善，脆弱的紙張已然殘破，看起來輕輕一捏就會粉碎。但上頭強悍記憶著的，是許壽裳先生死前最後挽住的「文明史」片景，那臺灣中文系第一代主任，對於「國文」的最初想像。那份對於革命、魯迅、對於「五四新文化」的串聯，隨著許壽裳的死於非命，長年陷入空白。

還有一件事。

前些天，獨居溫州街的老教授去世了，我們幾個研究生去他家裡搬書。教授主要是做經學研究的，厚重典籍甚多。然而，讓人驚訝的是，隱藏在老教授床底下有些外文書，全是色情小說。基於「為尊者諱」的心理，我和另一同學，將那些小說全部帶走。小說封面，多是春色無邊的裸女照，還特別用牛皮紙袋或書封包裝。書顯然是讀過的，有鉛筆和摺頁的痕跡。印象最深刻的，是一本名為"Family Games"的，寫的是近親相姦的故事。是壓抑嗎？或者更為色情？

捧著那一本本小冊子，竟產生某種古怪的時間感。這些淫邪小說，彷彿歷史的毛邊、文明的化外。而這些「不入流之書」，竟也成為風化地層中埋藏的古物了。

或許是時差。或許是彼些乾枯的、「重點之所不在」的歷史。這是我想要記存下來，屬於「這一代人」的溫州街故事。

後記

1.

稿件完成時，窗外的臺北，如常下起了黃昏雨。

黃昏落下的雨，讓我想起南方的故鄉，是否也正下著這樣的雨？

心底非常安靜踏實。

哪兒都不想去，也不想告訴任何人。像是完成了一次驚險的徒手攀爬。

寫作是孤獨的。見證者只能是自己。

現在只想好好睡上一覺。

該說的都已經在小說裡了。本打算就這樣，將稿件上呈。但又隱然不安，慚愧地想：既然作為「一本書」，怎麼可以沒有「後記」？

那不只是完而未了，更像草率棄逃。

我將自己揪回電腦前，讓戰局延續。拷問自己：關於這本書。關於我與牠的漫長跋涉。

是的，跋涉。

這裡的故事，總關乎小小的顛沛流離。

2.

〈采采榮木〉是「溫州街計畫」的起始，而這一起始來自一場小說家的喪禮。

二〇一四年夏天，我參加學校為李渝舉辦的追思會。吾生也晚，我從未見過小說家，當然也未曾上過她的課。我只能從圖書館，借出她那本早已絕版的少作《溫州街的故事》。

她的親友，學生，紛紛上臺致詞，唱歌。作為一個徹底的外人，我只能把那本舊書放在膝上——那是我未曾參與的時光。是更後來，我才想起小說家賦予的隱喻：讀者可以通過小說家設置的景框——比方說，溫州街——想像渡口，接引歷史，傳說，與自我的秘密。我又想起：日常散步的巷弄街衢，確也曾經漫漶河流。

〈空地〉的中心樹立著一棵加羅林魚木。每每觀臨盛開的魚木，總覺特別觸動。它盛大若幻術，為我們捕捉看不見的風。

說起〈湖〉，不得不提小說家最後一本小說中收錄的〈夜渡〉。我為了那篇小說，去過一趟雲南，還帶著氧氣瓶搭纜車，登上小說中的「玉龍雪山」。我想說的是，無論是〈夜渡〉與〈湖〉，想寫的都不只是死亡；而是應該如何觀測，乃至善待，那夏日木棉花樹般蓊鬱熱烈的死亡。

〈日系快剪〉是這部集子最後完成的作品。當時我為了畢業門檻，正努力上日文課（簡直是「皓首窮經」）。日文老師說，日本人說話總是迂迴，那是因為他們使用的語言，即是一種「讀心」的語言——在某些情況下，日語的「好」等於「不好」，而「不好」則等同於「好」。這種「日常的玄學」，讓我非常感興趣。於是，我構想了一個發生在「頭毛店」，必須乖乖待在鏡子前，與他人，乃至與自己「被對話」的故事。

〈寂寞的遊戲〉的故事發生在「網咖」——印象裡，網咖仍屬「文學低度開發」的地帶（借張亦絢的話）。考博那段時間，我不知發什麼瘋，住進了網咖。卻想著：「天啊，這裡充滿文學」。網咖收容了我「不成人樣」、不願回想的時光；卻又讓我懷念，那些低到土裡，什麼都沒有了的日子。

〈文學概論〉是一則悖論：當我們試圖設想更遠的，「沒有文學的未來」，則這一設想本身就是文學。我放入這篇危險的小說，像是埋藏一只時間膠囊，「這裡存在過一些什麼」。

〈小段〉的寫作，源自我童年記憶裡，最血腥的記憶。只是多年後回想起來，卻又覺得記憶充滿了可疑。我並沒有真正看見那截斷掉的手指，它只是在傳言與幻夢中反覆為我演練，傷殘與告別的瞬間。

〈雨在芭蕉裡〉寫在一個風雨如晦的夏天。那時我剛從馬來西亞回來，心底生出想寫一篇小說參賽的念頭。距離截稿只有不到十日，我翻讀許壽裳的日記，還有臺靜農、魏建功等人的相關著作。我把自己關進研究室，日以繼夜的寫。要特別感謝中文系的蔡祝青老師。她在多年前告訴我，臺大校史館尋回了許壽裳編選的《大學國文選》。這課本是我們想像「文學」的起點，卻是一個失落的根源。

〈溫城繪測〉最初想寫的，是那些徘徊在步登公寓頂樓，無所事事的時光。那時，我和情人陷落房東棄置的沙發，觀察參差的樓房，草木，住客。雨水落下時，我們會抱起貓兒，退守樓梯間。靜靜看著光影錯落的溫州街，在雨中成為幻影，而後摺疊起來。

3.

班雅明的「拱廊街計畫」未能完成，而這裡的九個故事，也彷彿只是一紙可以不斷打開的溫州街畫卷。

書早早就想寫了。

從二〇一六年末的《臺大記》，到二〇一八年末的《溫州街的故事》，乃至現在，二〇二〇年中的《溫州街上有什麼？》（當然，其間亦猶豫並作廢過更多書名）。

時序遞變，不只是單純的時光流逝。

對我而言，牠們都是別有意義的生命坎站。

我住過溫州街頂加，待過溫州街網咖，我在溫州街書店打工，我的老闆（指導教授）就住在溫州街上。這些年，我在溫州街的每個角落駐足，漫遊。溫州街不只是我寫作的題材，更是我的田野。生活場。試煉地。實驗室。有人建議我，放棄「溫州街」這個書名。但我想，這些故事失去了溫州街，就像失去土壤，不會再是牠們最原初的模樣。

我將書名取為《溫州街上有什麼？》，盼望此書不只是我的個人紀念，我的離散與歷劫。我更盼望牠是一則面朝世界的邀請。盼望讀者也能藉由此書，發現那屬於自己的，「看不見的溫州街」。

情人曾問我，溫州街上還有什麼？

那像是一把啟動故事的鑰匙。

它不斷的追逐我，敲打我，索取我的回答。

如今，我想將這個問題拋擲出去。我走進溫州街。我走出了溫州街。那些無所事事的午後，空蕩閒晃的頂樓，如今看來，都有了一點意義。

我完成了。

我遺憾著，這本書必然是遲到了。

但我也因此慶幸，溫州街上必然還有別的什麼。

溫州街上有什麼？

——陳柏言短篇小說集

作者	陳柏言
社長	陳蕙慧
副總編輯	陳瓊如
行銷企畫	陳雅雯、尹子麟、余一霞、洪啟軒
封面插畫	高妍
排版	宸遠彩藝
讀書共和國集團社長	郭重興
發行人兼出版總監	曾大福
出版	木馬文化事業股份有限公司
發行	遠足文化事業股份有限公司
地址	231 新北市新店區民權路 108-2 號 9 樓
電話	(02)2218-1417
傳真	(02)2218-0727
Email	service@bookrep.com.tw
郵撥帳號	19588272 木馬文化事業股份有限公司
客服專線	0800-221-029
法律顧問	華洋國際專利商標事務所 蘇文生律師
印刷	呈靖印刷股份有限公司
初版一刷	2020 年 12 月 30 日
初版二刷	2021 年 09 月 01 日
定價	380 元

國家圖書館出版品預行編目

溫州街上有什麼？：陳柏言短篇小說集 / 陳柏言作 .
-- 初版 . -- 新北市 : 木馬文化出版 : 遠足文化發行 ,
2020.12
面； 公分

ISBN 978-986-359-854-1(平裝)

863.57　　109020487